U0638198

**图书在版编目（CIP）数据**

希默兰的故事 /（丹）约翰内斯·威廉·延森著；薛大鹏译. —北京：北京出版社，2020.6

（诺贝尔文学奖作家作品）

ISBN 978-7-200-14471-0

Ⅰ. ①希… Ⅱ. ①约… ②薛… Ⅲ. ①短篇小说—小说集—丹麦—现代 Ⅳ. ① I534.45

中国版本图书馆 CIP 数据核字（2018）第 253803 号

诺贝尔文学奖作家作品

# 希默兰的故事

XIMOLAN DE GUSHI

［丹］约翰内斯·威廉·延森　著

薛大鹏　译

\*

北 京 出 版 集 团 出版
北 京 出 版 社

（北京北三环中路 6 号）

邮政编码：100120

网　址：www. bph. com. cn

北 京 出 版 集 团 总 发 行

新 华 书 店 经 销

北 京 华 联 印 刷 有 限 公 司 印刷

\*

889 毫米 ×1194 毫米　32 开本　6 印张　139 千字

2020 年 6 月第 1 版　2020 年 6 月第 1 次印刷

ISBN 978-7-200-14471-0

定价：29.80 元

如有印装质量问题，由本社负责调换

质量监督电话：010-58572393

责任编辑电话：010-58572757

# 作家小传

约翰内斯·威廉·延森（Johannes Vilhelm Jensen，1873—1950），1873年1月20日出生于丹麦日德兰半岛的希默兰镇。父亲是一名兽医，母亲是位农民，擅长讲故事，年少时延森就从母亲那里知道了希默兰一带的很多趣事，这些为他日后的创作提供了不少的素材。从很小的时候开始，延森就非常喜欢看书，对北欧的神话传说和丹麦的古典文学尤其感兴趣。十七岁时，延森去格陵兰的教会学校读书，三年后考入哥本哈根大学医学院。

尽管延森上大学时的专业是医学，可是他对文学创作更感兴趣，而且写稿还有一个好处，能给他带来稿费，从而维持他的生活开销。他的首部长篇惊险小说《卡塞亚的宝物》于1895年连载于《拉夫恩》周刊，之后他又接连发表了《亚利桑那血祭》等三部惊险小说，主题都是谋杀。尽管这些小说在普通市民读者中受到热捧，可是却遭到了他所熟悉的文学评论家勃兰克斯的质疑。延森决定改变自己的创作思路，创作出真正具有文学意义的作品。1896年，他的长篇小说《丹麦人》问世，随后短篇小说集《希默兰的故事》（1898—1910）等陆续发表。同时，他的历史小说《国王的失落》三部曲（1900—1901）：《春之死》《巨大的夏日》《冬》相继问世。

从 1896 年开始，延森四处巡游，去过美国、法国、西班牙、新加坡、埃及、巴勒斯坦，以及中国的上海和汉口等地。在这个过程中，他创作了不少作品，有小说、游记、散文等类型。巡游过美国以后，他以 20 世纪初的美国为背景，分别于 1904 年、1905 年出版了长篇小说《德拉夫人》和《车轮》。乍一看上去，这两部小说都是侦探推理小说，但实际上是对社会问题进行描写的讽刺作品，情节跌宕起伏，讽刺和诙谐充斥其中，尤其是《德拉夫人》，更是获得了"丹麦近代最佳小说""丹麦的《浮士德》"等美誉，在丹麦和北欧读者中深受欢迎。

《漫长的旅程》六部曲是对人类发展过程进行描写的长篇巨著，也是延森的主要作品，包括对远古冰河时代猿人生活进行描绘的《冰河》（1908），对北欧海盗时代海盗集团活动进行描绘的《船》（1912），其采用的是丹麦古代英雄史诗"萨迦"风格，还有对斯堪的纳维亚地区一个民族英雄找寻天国的故事进行描绘的《失去的天国》（1919），对丹麦母权社会时期人们逐渐摒弃原始粗鲁的群婚风俗，开始转向文明进行描绘的《诺亚尼·葛斯特》（1919），对哥伦布发现美洲大陆进行描绘的《哥伦布》（1921），以及对青铜器时代生活和风俗进行描绘的《奇姆利人远征》（1922）。这六部长篇小说从对远古冰河时代的北欧开始进行描写，一直写到哥伦布发现美洲大陆，气势恢宏、风格优美，把作者丰富的想象力和广博的人类学知识都充分彰显了出来。

此外，延森还创作了《诗集》（1906）、《世界的光明》（1926）

和《日德兰之风》（1931）等几部诗集。还有散文、随笔和艺术史著作《哥帝斯克时代的复兴》（1901）、《新世界》（1907）、《北欧神祇》（1911）、《时代的序言》（1915）、《进化与道德》（1925）、《动物的演变》（1927）和《精神的目标》（1928）等。

延森的小说、诗歌、散文被盛赞为"丹麦文坛的三绝"，他有"丹麦语言的革新大师"之称。1944年延森获得诺贝尔文学奖，成为第二次世界大战后第一位获奖者。1950年11月25日，延森逝世于丹麦首都哥本哈根。

# 授奖词

瑞典学院常务秘书 安德修·奥斯特林

1944 年诺贝尔文学奖的获得者——约翰内斯·延森先生今天来到了现场，亲自接受这一奖项。自 20 世纪初以来，这位杰出的丹麦作家便在文坛上名声斐然，在文学界也引发了不少争论，可是世人也广泛赞誉他作品中所具有的顽强的生命力。我很荣幸今天能向这位伟大的作家致辞，这个来自炎热的日德兰荒郊中的孩子的才华让世人深深折服。可以说他是北欧创造力最强的作家之一，他的作品不仅涵盖面广，还具有不俗的文采。他在致力于科学的研究的同时，还创作出了不少历史性、哲理性的论文以及兼具叙事、抒情、想象和现实的作品。

这位引领文体改革的先锋、传统的背叛者，却在慢慢成为一位令人肃然起敬的古典作家。他多么期望可以在内心和辉煌时代诗的世界取得共鸣，渴望终有一天，自己也可以成为守护民族新活力的人之一。

约翰内斯·延森非常爱好哲学和生物学，而且对此有非常深刻的研究，对于这一点，包括他本人在内都觉得很不可思议。那份持续征服的本能就是他的动力源泉。日德兰半岛西部的希默兰就是他的家乡，因为自小在那里长大，他对那里的一切都非常熟悉。童年时期的生活经历像一泓清泉，持续滋养着他的心灵，他的创作灵感也由此而来。他的爸爸也在希默兰出生，之后在法斯耶当了一名兽医，他的爷爷则是葛莱亚的一名老职工，所以，延森可以说是出生于一个农民世家。他的第一本书就是以他的出生地为核心展开的，这是他独有的特色。在《希默兰的故事》中，他刻画了很多原始人的形象，从他们身上，你可以嗅到粗鲁的、可怕的味道。我们发现，他极其出色地在他的诗歌里描绘了自己的故乡。

在他的第一部作品中，一个乡下的活力十足的青年形象尽显无遗。他在哥本哈根上学时，对于平庸和狭隘特别厌恶，强烈拥护在野党，为了理想，他愿意付出一腔激情，一个上进又积极的青年形象此刻非常鲜明。这位从日德兰来的青年个性外冷内热，让人感觉不好接近。在丹麦待了一段时间以后，他觉得那里的风景逐渐变得没有意思了，那里的事物也让他觉得兴味索然。于是他像一名欲罢不能的赌徒一样，想要通过异国旅行的方式收获一个光明的未来。首次异国旅行的经历开阔了他的视野，他的想象力也被大大激发。在这期间，他开始喜欢上科学技术和现代机械化，沉醉其中并发出深深的赞叹。就像他的同胞安徒生，也许是首个对火车旅行的迷人之处进行描绘的人。约翰内斯·延森曾经做出让人目瞪口呆的预言，摩天大楼、电影和汽车等将会出现在这个时代。分别出版于1904年、1905年的《德拉夫人》和《车轮》，创作背景都是美国社会，他在其中就多次发出了赞叹。可是，他之后又转换到另一个领域中，简单来说，他要转换的不只是时间，还有空间，他不但要高声歌颂这个快速发展、工业化发达的现代社会，还要回溯历史，对人类的本源进行探究，深入到那不可知的远古时代，一心一意地对悠久的历史所留下的印痕进行探索。

《漫长的旅程》这部他最重要的作品共分为六卷，时间跨度很大，从冰河时代开始一直到克利斯朵夫·哥伦布时期。这本书主要是对民族大迁徙的事情进行了描述，起于诺曼底人入侵，终于发现美洲大陆，还对斯堪的纳维亚地区民族的世界责任进行了叙述。尽管延森对于哥伦布是他的日德兰老乡这一事实一直持否认态度，可是追本溯源，他也称得上是北欧伦巴第人的后代。他在这部举世闻名的小说里刻画了一个名叫诺纳克斯特的人物，他并不同于那个曾经在奥拉夫一世的宫廷中诉说自己身世，并在那里殒命的人。从冰岛民间流传下来的故事中，我们可以知道他有将近三百年的寿命。可是在延森的作品中，他的寿命还要长，成了阿哈斯休斯的一种。他到处奔波，却又只能非常难堪地在新老辈的人们中间生存。哪怕岁月更迭，时光催人老，可是他依然是年轻时的样子，因为他不是这个时代的人，他属于远古时代，那个源头的时代。当延森觉得传统有利于他时，他才会遵循传统。诺纳克斯特的妈妈家来了三位女性预言家，并要求看看她的孩子。其中一个预言家说道，在这支蜡烛烧完以后，这个孩子就会马上死去。妈妈葛洛闻听此言，心里非常紧张，赶紧把蜡烛吹灭了，并非常仔细地收拾起来。之后，这支蜡烛就成了诺纳克斯特的护身符。在约翰内斯·延森的作品中，诺纳克斯特身在国外时，会时常把这支蜡烛点燃，等到烛火闪耀时，一个没有尽头的时光深渊就会出现在他的眼前，似乎要一口吞了他一样。

生命之爱的火花转瞬又开始燃烧，再次把他带到碧波荡漾的家乡。

这些故事传说究竟是不是真的，我们已经无从考证，因为通过理性和经验是根本验证不了的。在延森的叙事史诗里，诺纳克斯特究竟是个什么样的人？可能他只是北欧民族从黑夜中某种神奇的生物所诞生的灵魂。他拿着竖琴，一辈子居无定所，这样一个人和作者之间有没有千丝万缕的联系呢？作者让笔下这个人物拥有与生死相关、与现在和永久相关的思想——历经遥远的路途，从不计其数的海上掠过，诞生了丰沛的思想这一宝贵的果实。

遥望延森故乡的郊区，处处是错落的坟墓，让地平线也随之出现起伏。延森从小就生活在这里，当然会去找寻现实和神话之间的差异，并想要找到一条光明的道路，可以把过去的影像和如今的现实结合在一起。他的例子彰显出一个内心丰富的人所受到的原始的东西的蛊惑，以及将粗暴的力量转变成动人的情感的必要性。他的艺术作品也因为这种强烈的对比而攀上了艺术的殿堂。他的作品无一不具有灵动的语言、鲜明的人物形象，而且遣词造句非常优美、有力量，给人心旷神怡的感觉。这位对自己的国土有深深眷恋的诗人，言辞美丽，他的声音就是丹麦日德兰的声音，正是因为他卓越的能力，北欧的精神才能一代代传承下去，他也对北欧的民族在对抗自然方面所取得的胜利进行了赞誉。毫不夸张地说，他就是一位卓越的言论家。

延森先生在下面听到我这样发言以后，也许会在心里想，他一生中那么多作品，我怎么能够在这么短的时间内就说完呢，而且知名作品一部都没有提？对此，我想发表一下我的观点，在座的各位想必对您的大作都再熟悉不过了，我再在这里说就有点儿画蛇添足了。事实上，不管是对于您本身，还是对于我们，这一点都非常幸运。

您属于我们这个伟大的家族，也是极具声望的一个，因此，瑞典学院决定让作为家族成员的您获得这份荣誉，现在，我们就有请国王陛下亲自给延森先生颁奖。

# 获奖致辞

今天，可以在这里捧得诺贝尔文学奖这一大奖，我觉得先要感谢的是一直受到人们敬仰的瑞典学院和瑞典人民！

如今，全球的人们都在敞开怀抱，致力于世界的科学、文学与和平的迅速发展，事实上，一开始设置诺贝尔奖的阿尔弗雷德·诺贝尔也是这样想的。他是瑞典一位杰出的人道主义者，也是一位极其伟大的科学家。他这一深远的思想不但在世界上具有广泛的意义，而且也让瑞典闻名于世界。他的想法早已突破了一国的范围，囊括了遥远的东方国家，让世界各国之间的距离更近了，这个主意真的是太好了。

当我们提及瑞典，特别是瑞典知名的世界性人物时，首先想到的便是阿尔弗雷德·诺贝尔这位创立诺贝尔奖的人。另外一位，就是知名的博物学家林奈，他出生于 1707 年，于 1778 年与世长辞，是瑞典伟大的博物学家，他最引人注目的成绩就是通过图表的方式，把自然界分成了三类，并成了分类学体系。《自然系统》是他的代表作，一共包括十卷。他用最适合的名字给动物命名，在进化论还没有出现前，就将人类和长尾猿、无尾猿归属于灵长目动物。对于大自然、动物以及所有一切有生命的物体，他都具有一种天生的热情，这是他天赋才能的源泉。假如我们想读一下和生物物种分类相关的书籍，无论这些书籍是用何种文字写成，都会看到林奈的名字，包括自然科学与生物学的书籍在内。只要他的名字出现在我们眼前，我们就会觉得神采飞扬。他身上的精神就是热爱大自然，而这种精神几个世纪以来都可以在瑞典人民身上找到。

提到林奈，就必须再说到一个人，他就是查尔斯·达尔文。他不仅在知识领域里区分了两个时代的自然科学家，而且在现实交往中也是一个非常亲切的人。此外，身为父亲的他也得到了人们的夸赞。他那举世闻名的名字一直延续到他的第三代和第四代子孙身上。对于他来说，进化论不但是他一辈子孜孜不倦的研究课题，更代表了他整个生命存在的意义。每天早上只要一醒来，他都会纵观世间万物，并从中窥探大自然无限的奥秘。

英国是一个对现实非常看重的国家，对于成熟、理性和卓越的理解能力特别推崇。在所有英国国民身上，我们都可以发现一种突出成熟的智慧。也正因为这样，查尔斯·达尔文反复强调要学习提倡现实主义的英国人，尤其是要了解一下其对于基本事情的思维方式。

达尔文的物种进化论源于林奈对物种的命名，而且和北欧的人文背景息息相关。而英国和瑞典的现实主义也正是因为这种背景才得以产生，才让我们更清楚在自然中人类所处的位置。

借今天这个机会，我还要提到一位和瑞典传统有非常紧密的联系的丹麦文学家，他的名字叫亚当·欧伦施莱厄①。亚当·欧伦施莱

———————

① 丹麦剧作家、诗人，浪漫主义运动领袖。

厄是丹麦知名诗人，艾萨亚斯·泰格乃赞颂他为"斯堪的纳维亚半岛诗人之王"。他于 1779 年出生，1850 年去世。他不仅有诗集在丹麦文坛公之于世，而且在戏剧和散文等方面也可以见到他活跃的身影。1829 年，因为一次偶然的机会，他在露德①和瑞典诗人艾萨亚斯·泰格乃相遇。艾萨亚斯·泰格乃年长亚当·欧伦施莱厄三岁，去世于 1846 年，是瑞典四大浪漫主义诗人的代表，对古典的浪漫主义极力推崇，而反对流行于 18 世纪的唯物主义、实用主义、唯理主义和实验主义。他的一生著作等身，《忧郁》《阿塞儿》《向七弦琴告别》《戴冠新娘》是他的主要代表作。相信大家都还有印象，在授予他奖项时，大家不仅颂扬他是一位非常杰出的诗人，还盛赞他是一个诚信的人。而今一百多年过去了，到了 1929 年，我很幸运，可以在同样的城市，获赠露德大学授予我的荣誉博士学位。虽然我不是欧伦施莱厄的传承人，可是我私下里却觉得是他的私传弟子。

一直以来，贵国都崇尚自由和伟大，从贵国人民身上也可以看到这种风范。我的同胞亚当·欧伦施莱厄曾经站在这里接受贵国授予的荣誉博士的荣誉。现在，我也怀着一颗感恩的心，和我的同胞一样，站在这里接受同样的荣耀。贵国对于我的文学成就的肯定和赞誉，让我无比荣幸，也非常谢谢贵国的抬爱。

---

①瑞典马尔默胡斯省的一个城市。

# 目　录

# 安妮和母牛

在瓦布森定期举办的市集上有一个牛市，这时有位耄耋老妇，正牵着一头母牛倚在集市的角落里。可让人甚为不解的是，她和母牛总是要相距一定的距离，可能这是为了让更多的顾客注意到她吧！为了不被炽烈的阳光晒伤，她用头巾遮在额头上阻挡阳光，默默站在自己的领地里，飞快地编织着一只将要成型的袜子。这只袜子快织好了，下面已经卷了起来。她围着一条略微带有一种染锅特有的铁锈味的手染蓝裙，虽然已不再时髦，但是很整洁。细细看去，褐线编织的肚兜从她腰缝间冒了出来，在凹入的小腹上交叉着打了一个结。她的头巾上布满了一层层的褶印，颜色也褪得有些发白了，显然是刚刚翻出来戴上的压箱底的宝贝。木鞋底经过岁月的洗礼已磨损严重，而一丝不苟地打着鞋油的鞋面却依然明亮。四根毛线针在老妇人干瘪的双手中飞快地工作着，另外一根则被她插在了花白的发间。她边等待着市集上人头攒动的客人上门，边漫游在市集上传来的音乐里，兴致盎然地看着热闹的人群和等待着被交易的牛。马的嘶鸣声、航船停靠的鸣笛声、小贩的叫卖声在市集里交汇碰撞，嘈杂纷繁。而老妇人在这样纷闹的环境里却依然保持着安静，心平气和地站在阳光下，一刻不停地编织着手中的袜子。

这时，离老妇人有一定距离的母牛悄悄地走了过来，把鼻子放在她的手肘边。牛的肚子松垮垮地垂着，脚向外侧张开，嘴里正在反复咀嚼着干草。这头牛虽然已经年迈，但毛仍然顺滑，想来它应该被老妇人照顾得很妥帖，称得上是一头很好的母牛。除了臀部到脊背的地方瘦得露骨这一项缺点，这头母牛可以说是很漂亮了。长着细毛的乳房显得很丰腴，黑白相间的牛角上装饰着环状的花形纹。母牛的眼睛湿漉漉的，它在反复咀嚼食物的时候，总是下意识地摇动着下颌，而后把嘴里吃着的食物咽到胃里，把涌到嘴边的再吞下去。母牛不停地摇动脖子，观望着四周的一切。当又有食物从胃里反刍到嘴里时，母牛就又摇动下脖子，兀自站着，神情似乎十分满足。黏液从它的大鼻孔中流了下来，它每吐一次气，那声音就像风琴的低音一样，这足可证明它是一条健康的母牛。它就像其他的母牛一样，经历过各种生活的磨难，如果将它当作人的话，该是历尽世事沧桑了。它生了小牛，既不怎么去照顾也不愿舔舐小牛，只是忠实地吃着饲料，机械般地产奶。母牛现在在这儿，就像在任何地方一样，一面熟练地反刍食物，一面用尾巴赶着苍蝇。绑母牛的细绳被小心地系在牛角上，松松地垂了下来，这样母牛便不会随意在田间乱跑，也不会独自跑到其他地方去。

牛的笼头不仅老旧，而且已经被磨去了棱角，变成了圆形的。鼻栓也不翼而飞，好在母牛十分温驯，就算没有鼻栓也不会乱跑。牛绳倒是换了一条崭新的，平常用的那条牛绳不仅陈旧，而且还是好几节拼接起来的。安妮婆婆注意到了这点，希望今天母牛打扮得漂亮些，便用新绳子换掉了原来的旧绳。

这头母牛是很适合屠宰的，所以很快就有人走了过来，细细打量它，他用指尖压在牛背上。当他这么做的时候，母牛往后稍退了一点儿，并没有发怒。

"老婆婆，这头牛你要怎么卖啊？"这位顾客把锐利的目光从牛身上转移到安妮婆婆的身上。

安妮婆婆仍然忙着织那只袜子，答道：

"这头牛是不卖的！"

她以慎重的口吻结束了顾客的讯问，用手擦了擦鼻子的下方，低下头继续织袜子，好像她特别的忙不愿意被人打扰似的。

顾客虽然走开了，可是还频频回头，目不转睛地看着那头他想要而不得的母牛。

随后又来了一个身材魁梧、胡子剃得甚是干净的屠夫。他先用藤杖敲敲牛角，又用他厚重的手沿着牛背部的筋脉摸了下去。

"这头母牛要多少钱啊？"

安妮婆婆斜望着母牛，母牛孩子气地眨着眼，看着眼前的藤杖，紧接着就转过头去，好像远方有什么有趣的东西吸引了它的视线。

"这头牛是不卖的！"

屠夫染着血的风衣在风中拂起，听了这话后转身就走了。没隔多长时间，又来了一位顾客，安妮婆婆同样摇摇头答道：

"这头牛是不卖的！"

就这样，安妮婆婆连续拒绝了好几个买主之后，她在集市上的名声不胫而走。刚才想买母牛的顾客中的一位又返了回来，给安妮婆婆开出了一个十分优厚的价格。这使得安妮婆婆感到些许不安，不过她还是坚持不卖。

"哦？难道你已经把它卖给别人了？"

"当然没有。"

"如果真是这样，可把我搞糊涂了，老婆婆，那么你又为什么站在这儿，展示你的母牛呢？"

安妮婆婆仍然低着头，一个劲地织着袜子。

"喂！那你为什么要和母牛站在这里啊？"这人用急躁的口气表示自己的不忿，"这头母牛真的是你的吗？"

当然！这还用说吗？这头母牛肯定是属于安妮婆婆的，她一直抚育这头牛。因此，她就对这个人说，这头牛百分之百是她的。她想她应该再说些什么安慰的话，好让对方平息怒火，可是对方并没有给她任何开口的机会。

"那你就是要玩弄别人才站在这儿的吗？"

安妮婆婆见误会越来越深，伤心得说不出话来，她慌了，唯有不停地去织袜子才能让内心不再慌乱。她特别困惑，眼神不知该看什么地方好。那个人又继续气冲冲地逼问她：

"是吧！你是专为侮辱别人才站在市集里的吧？"

这时，安妮婆婆才放下了手里正在织的袜子，解开拴牛的绳子，准备回去。她用哀求的眼神诚挚地向那个怒火冲天的人望去，希望他能放过自己。

"这是头特别孤独的母牛！"安妮婆婆觉得眼前的这个男人是能完全信任的，因此她说出了心里话。"我和这头牛住在一户小农家里。谈到牛，就仅有这一头，再也没有别的牛了。我一直过着清贫、茕茕孑立的生活，所以我就想把它带到市集，也好找到其他的牛跟它做伴儿，让它能快乐地生活下去。真的，我只是单纯地这么想，并没有想侮辱别人，所以我就这么做了。虽然我一直站在这里，但并不是来卖牛的，就是这样，现在你就让我牵牛回去吧！好吗？深感抱歉，对不起，再见，谢谢你！"

# 三十三年

这样的事可能在你的脑海里出现过。音乐声和小提琴伴奏的声音都突然消失了……只有一个人满头大汗地站在屋子中央，一时不知道该怎么办才好。其他人却都忘情地舞蹈着，这时屋子里突然蹿进来一阵灰尘，还有一个像幽灵一样的东西冲了进来，让在场的所有人都惊呆了。大家都在墙根哆哆嗦嗦地站着，只有一个因为跳舞的快乐而傻站在那里的人。他想把幽灵的面具摘下来，就向乐师示意："乐师先生，请继续演奏吧，不要让音乐停下来，我现在只想专心致志地和我的未婚妻共舞。"

在长达二十多年的时间里，一个老婆婆都一直在一个农庄里住着，她有自己的生活习惯，从来没有改变过，就如同摆放在家里的一件家具一样。当地的人们对她非常尊敬，都会用尊称"您"来称呼她。可是就像人们所说的一样，她的阅历的确是太丰富了，以至上了年纪以后，脑子也不太好使了。嘉思汀婆婆在人们的心里就是这样的印象。

那件事情已经过去很久了。那是一个秋天的晚上，没有月亮，路上黑漆漆的，什么也看不见，整个大地都是一片漆黑，只有远处几盏昏黄的灯光若隐若现。一个人手里拿着三支并排的蜡烛，在黑暗中前进，烛光定定地亮着，而马厩里用的角灯在他的另一只手上，他就是依靠这些微光，在乡间小路上前进。

地上反射出角灯的光亮，他前进的两只脚被包围在光圈的边缘里，长长的影子拖在他身后。他身体的其他部位都看不见，由于角灯的方位在变化，地上影子的形态也在跟着变化，折射到路边的草丛里，于是就照亮了草儿们。当刚耕耘过的田野被光照射时，眼前便会出现一把被人忘记拿回家的耙，上面还有些许麦穗。那个人继续前行在坡上，微光也一路陪伴着他。

在他越过山坡以后，如同启明星一样的三颗星星也不见了。山间的小路非常难走，角灯的光亮一路照耀着他，昏暗的水肥池、人家院子里的土堆、另一户人家的花岗岩墙壁都接受它的照射，光影晃晃悠悠地从墙头掠过。他绕路往前走，从不同的人家路过，玻璃窗里透出隐约的光线，可以清晰地看到远处田野的高低起伏。

"嘿！嗒嗒嗒！"小提琴优雅的音调和长靴子敲击地板的声音融合在一起，在屋子里回荡。他沿着石子路走向里面，门忽然开了，里面的人热情地跑出来迎接他。

"快进来，我们打铁的朋友！"

此刻，特伊雅的家里正在举办一场联欢活动，大家都玩得非常开心，这些都是年轻人自己的活动，只是把特伊雅的场地借用过来而已。最繁忙的季节——秋天已经过去了，地里也没有农活要干了，大家都在尽情地唱歌跳舞，愉悦的心情尽显无遗，连续几个晚上，他们都是这样度过的。女孩子们还经过了一番细心的打扮，好几个都穿着印度印花布缝制的布裙子，而这种裙子如今正风靡。

这时，一个叫史吉尼的矮子提着一个大篮子来到了贫民院，里面装着满满的葡萄蛋糕，她走到屋子里面，径直把桌子上的酒瓶拿在手上，仰头就灌。她的眼前已经变得模糊，意识也开始混沌。

年轻人坐在一起喝咖啡，分配咖啡的任务则交给了特伊雅的女儿嘉思汀，大家聚在一起，品尝着咖啡的美味。

嘉思汀的歌喉非常甜美，大家都央求她唱首歌，以便让现场的气氛更加热烈些，可是她却一直推辞，说什么都不肯，坐在椅子上紧张得不知如何是好。

"嘉思汀，唱一曲吧！"铁匠亚纳斯轻柔地对她说道。年轻女孩都聚拢过来，暧昧地看着她，还不忘抿着嘴笑。

嘉思汀不好意思地低下了头。

屋子里忽然变得很安静，大家一边吃着点心，一边耐心地等待着。

不知道过了多久，嘉思汀才抬起头，看了亚纳斯一眼，然后目光平视前方，双手交叉，缓缓唱了起来：

> 夜空里的星星比翼双飞
>
> 我们也应该这样
>
> 手拉着手
>
> 在路上走
>
> 可最终你依然背弃了我
>
> 这让我觉得难过
>
> 想到我们在海边
>
> 声声誓言好像还响在耳边

你玩弄我后就消失了

把我一个人留在原地

回顾那些过往

只剩下满腹悲伤

我

就像迷路的羊群

不知该往哪个方向去

这辽远的天地间

我的哀愁又要说给谁听

有谁能轻声安慰我

　　一曲结束以后，大家都默不作声了。墙壁烛台上的火焰晃个不停，把空荡荡的房间照耀得若隐若现。矮子史吉尼的手在围裙兜里放着，脸上流下了泪水。

　　嘉思汀又演唱了一曲，之后，做化妆品生意的商人亚可布给大家表演了一首华尔兹曲子，节奏很是愉悦。

　　从头至尾，亚纳斯都只和嘉思汀一人跳舞，虽然大家都因此戏谑他，可是他浑然不在意，只是微笑着，眼光一直没有离开房间另一边的嘉思汀。

　　大家都知道，他们两个已经订婚了。尽管特伊雅这户人家收入尚可，可是家中有太多的子女，因此生活得很一般。而铁匠亚纳斯个性温和，没有酗酒的嗜好，工作也非常认真，他已经决定了，要和漂亮的嘉思汀组成一个家庭。现在，要是几天看不到她，他就觉得难受。

　　大家继续舞动着，因为有这一对，其他人都想在舞会上收获自己的姻缘，所以所有人的表情都是快乐的。卖羊人马奇斯跑到院子里一个人练习转圈的动作，他练习了很多遍，每圈转完以后，他都会用钉了铁片的鞋跟敲一下地面。旁边几个老人一直安静地看着他。

快到午夜了，每个人都跳得满头大汗，可是大家依然兴致不减，而且越发带劲了。

嘉思汀洒了些水在地上，想让温度降低一点儿，顿时，灰尘的气味弥漫在空中，还夹杂着一些猫的臭味。

"啊！怎么这么热啊？"马奇斯边说边把窗户打开了。

"可以请你演奏一曲《红焰》吗？"尽管他的喉咙都快说不出话来了，可是依然大声朝拉小提琴的乐师喊道。这首曲子是圆圈舞，然后是节奏更加欢快的方阵舞。大家飞快地在屋子中央旋转，就像一只只美丽的蝴蝶一样。

忽然，亚可布不再演奏了，音乐也随之停了下来。人们都向他投去吃惊的眼神，只见他把小提琴用下巴支着，眼睛瞪得老大，直勾勾地看着窗外。

屋内的气氛顿时凝固了，所有人都争先恐后地离开舞池，只有马奇斯依然傻傻地待在原地。

屋子里静得连根针掉在地上都听得见。

"救命啊！"矮子史吉尼一声大叫，让整个屋子里的人都为之一震。

女孩子们都在角落里蜷成一团，一动都不敢动。只有亚纳斯勇敢地走向窗户，朝窗外观察了一番，然后把窗户锁好折了回来。

"大家都少安毋躁，一切都好好的。"他说道，"我们接着跳吧。亚可布，没什么可害怕的，继续演奏吧！嘉思汀，到我这儿来！"亚纳斯揽着嘉思汀开始跳舞，亚可布边打着节拍，边重新开始演奏。

大家很不好意思地看了看彼此，又接着跳舞，气氛比先前更加热烈。

他们欢快地跳啊，跳啊，直到天亮了才纷纷回家。他们三五成群地在小路上走着，年轻的女孩子们也要赶紧回去挤牛奶了。

隔年春天，亚纳斯把新房子盖好后就和嘉思汀在六月结了婚。那天的日子很不错，风和日丽，一片郁郁葱葱，在乡间大道上行走的婚车在阳光的照耀下熠熠生辉。驾车的马匹步履轻盈，阵阵灰尘在空气中回荡，然后坠落在路边的水沟里。亚可布和马车夫坐在一排，用单簧管灵巧地演奏着结婚进行曲的调子，在结婚的日子里，是必须演奏这支曲子的。

"噗噗，噗噗，噗噗噗噗噗……"乐音从单簧管里飘出来。

在乡下是很难听到音乐的。看在这难得的音乐的分儿上，人们纷纷来到外面，靠在栅栏边上。在田间行走的车队很是壮观，发出咔嗒咔嗒的响声，最后在白色的教堂门前停了下来。微风把新娘纯洁的白色披纱吹了起来。几个孩子甚至爬到了围墙上，想看得更清楚些。

回去时，马车依然排列得整整齐齐，发出悦耳的声音。亚可布的毛衣在阳光的照耀下熠熠生辉。像来的时候一样，他继续坐在马车上演奏着单簧管。车队在乡间行走，音乐声也在乡间回荡，让大家也感染了喜气。

矮子史吉尼在水沟边站着，一眨不眨地看着车队从她眼前经过，直到最后一辆马车驶过她面前，她才把早就藏好的旧拖鞋拿了出来，用力朝马车掷去，以此表达对新人最真诚的祝福。

婚后几年，亚纳斯和嘉思汀都非常努力地干活。一开始建房子时，他们的钱都是找邻居借的，所以他们更需要好好奋斗了。

　　亚纳斯整天都待在他的工作房里，叮叮当当的声音响个不停。他会干很多活，从钉木靴的铁钉子到钟表的外壳，此外，他还要在自家的农田里忙活。

　　农夫们如果有农具坏了，时常会找他修理，顺便和他说说话。亚纳斯很喜欢和他们打交道，时常竭尽全力地帮助他们，每次看着他们走远了，他才离开。

　　之后他们有了两女一男三个孩子，嘉思汀因为要照顾孩子，所以有一段时间什么工作都做不了。他们努力了十年，终于把当初盖房子借的钱还清了，余下的钱，亚纳斯买了几头羊和一头母牛，他们这才打破了之前一穷二白的局面。

　　他们的生活越来越好，嘉思汀也看着更精神了，皮肤也更白了，脸上还出现了少女时的粉红色，非常可爱。他们的孩子也长大了，都接受了洗礼，老大和老二都可以开始工作了。

　　在大女儿雪莉妮将近二十岁时，亚纳斯处理石楠时手指被蝮蛇咬了一口，伤口一直没有完全好，甚至感染了其他手指。他的手彻底没用了，一直用破布包着，还套了只橡皮手套在外面。

　　亚纳斯漫不经心地走着，在工作房门口停了下来，盯着里面冰冷的火炉发呆。他手上戴着手套，一副无精打采的样子。他脸上明明白白地写着忧郁，他的眼神里似乎也都是忧郁。亚纳斯有时会独自在工作房待着，翻来覆去地看那些工具。沾着石灰的刷子、剪羊毛的剪刀、年深日久的牛桩，在他的工作房里都可以找到。

　　那块小小的农田是家里所有的收入来源，日子几乎都维持不下去了。亚纳斯更加忧郁了，他基本上已失去了劳动能力。拉斯是家里仅有的一个男孩，现在才十七岁，也成为家里的一个劳动力了。

铁匠亚纳斯在路边和矮子史吉尼撞了个正着，史吉尼看上去病怏怏的，她不经意地看了一眼亚纳斯。几天以后，他们又在路上相遇了，甚至几年后两个人再次在路上遇到时，矮子史吉尼的样子也一点儿都没变。每个月，她都会打着生日的旗号向人们讨要铜板，以给自己庆祝生日。可是她并不是有意要糊弄人，而是因为她真的觉得一年又过去了。

还有一个名叫彼得的流浪汉，也值得拿出来说一说。他差不多有两米高，可是人高马大的他，脑筋却不太好使。一天，他在街上走，一群孩子跟在他后面，看上去他是喝多了，可是兴致却依然很高。

彼得已经相当迟钝了，他甚至不知道每天的日期，就这样浑浑噩噩地过着。他也没什么存在感，即便他几天没露面，人们也想不起他来。他也过着非常低调的生活，时常徘徊在几乎没什么人知道的村庄，帮忙修缮猪舍一类的。可即便是这么一个人，如今却像个国王一样突然出现在人们眼前，把烟斗举得高高的，边走边叫唤着什么，还大声对人们说："把猪舍都给我修好。"可是没过多久，他就忘了刚刚所说的事，只是一个劲地笑着："都赶紧过来啊，高兴的人们啊！"他的声音顿时变得低沉，活动了一下四肢后步伐轻快地边走边跳，还哼着动听的歌：

> 啊！我那朝气蓬勃的心啊
> 一直处在激情中
> 啊！伤心！伤心啊
> 它却只会带来无穷的伤心

"哈哈哈！"他唱完后大笑着扬长而去。

不管是细雨淅沥的晚上，还是清新的早晨，脑子有问题的彼得都在街头住，一天一天就这样过去了。之后又会几天都看不到他，人们也慢慢把他给忘记了。可是他又会在几天以后出现，像凯旋的将军一样把烟斗举得高高的，拿着一瓶啤酒，晃晃悠悠地走过来。岁月改变了很多事情，可是彼得依然特立独行，像一个生活在时间以外的人。

夏天早就过去了，还有很长时间才会到冬天。一切都和往常一样，风平浪静。第二年，亚纳斯依然在床上躺着，嘉思汀则在他身边干些小活儿。

透过玻璃窗，可以看到一角田地和院子的一小部分，亚纳斯能看到的所有景色就是这些了。春天悄无声息地来了，天气越来越热，积雪也在消融。之后，秋天这个收获的季节又到了。

他们的屋子里有个非常打眼的大型立钟。亚纳斯亲自做了钟表的零件和外壳，立钟看上去完全可以和店里出售的相媲美。他还别出心裁地把怒放期的玫瑰花放到了上面，因为有绿色茎叶的烘托，立钟显得格外美丽。钟摆日复一日地摆动着，多少个不眠之夜，亚纳斯就和这个声音相依相伴。他觉得很悲哀，只能眼睁睁看着时间飞逝。

他也去找医生看过，可是医生却给出了非常悲观的诊断结果，他的手上甚至体内都被结节填满了。嘉思汀并不熟悉这种病，而她之所以觉得害怕，也正是因为她不了解。

亚纳斯的脸色很难看，就这样在枕头上靠着，和往常一样，他用健全的手指拽着垂在床边的流苏。

一天，他从窗户看到了反应迟钝的彼得，他正一脸傲娇地拿着烟斗在田间晃悠，不由得感慨出声："那个家伙竟然还活着！他竟然还活着！"

"没错，亲爱的，他还活着呢！"

和往常一样，嘉思汀织着袜子，随着编织的动作，毛线球在草篮子里欢快地舞蹈着。那只篮子还是青年时期的亚纳斯编制的，毛线球愈发小了，在嘉思汀熟练的编织下，长长的线慢慢形成一个整体。嘉思汀戴着眼镜，一脸专注，因为饱受厨房的油烟和木炭的熏烧，她的眼睛受到了严重的损害，而且这间屋子沉寂太久了，一股臭味扑鼻而来。

家里养的猫已经把家安在了火炉下面，还生了一窝小猫崽，和它们的母亲一样，它们也住到了火炉下面。

最终，亚纳斯还是在某一天像往常一样，头靠在枕头上长眠不醒了，只是这一次他换上了洁白的衬衣，头发也梳得光溜溜的。

他被埋葬在山上。

当地的小学教师把印刷好的追悼文拿出来，把亚纳斯的名字填在空白的姓名栏上，然后把那张纸用玻璃框装裱好后挂在他们家墙上。纸上有复杂的图案，追悼文位于正中央：

母亲问父亲：

我们的孩子

现在在哪里？

父亲安静了半晌，

悲伤地说：

我们的儿子

到天国去了，
和神圣的主在一起。
身为父母的我们，
想到曾经的美好，
把你的眼泪擦干吧！
在我的身体上，
把你的眼泪擦干吧！

从纽伦堡来的流动商人每年都会带着大量的日用品到这里来，出售给当地的小学教师，他每次大概都是蟾蜍开始鸣叫的时候来的，鲜有例外。

这些年以来，铁匠的家里原本就没什么声响，最近更是安静得可怕。每次嘉思汀在厨房里准备自己和拉斯的晚饭时，她的眼泪都会不由自主地流下来，而厨房的油烟更是熏得她直流泪。

大概二十五岁的大女儿雪莉妮在春天的时候回了家。她有着高挑的身材，极其温柔的个性，很受同事们的欢迎，可是那份工作她再也做不了了。最近一段时间，她急剧变瘦，一天到晚都在咳嗽，眼睛也愈发暗了。

嘉思汀的年纪虽然不小了，可是干起活来却还是一把好手。她迅速整理了一下，让雪莉妮在亚纳斯曾经睡过的床上躺下来，上面的稻草还残存着被睡过的印痕。

身材颀长而形容枯槁的雪莉妮在这张床上只躺了不到一年的时间，就随她的父亲到天堂去了。

雪莉妮躺在床上，外面是尼尔斯家的院子，她那令人同情的母亲偷偷跑到厨房去哭，她则在床上直掉泪。她回忆自己这一生，正是最美好的年华，眼看生命就要走到终点，可是都没有遇到一个爱她的人。雪莉妮的头发从中间分开，垂在胸前，一个教会中的女人曾经说斜靠在床头的雪莉妮非常美，就像一幅画一样。她时常到这户人家家里看望，可是说的话却很少，因为说话经常起到反作用，越发让嘉思汀伤心。

悠扬的小曲儿从她的嘴里唱了出来，可是如此漂亮的女孩子竟然要去见上帝了。只要客人离开，雪莉妮都会因为自己的命运、自己的悲催而痛哭不已。

矮子史吉尼也来看望过雪莉妮。为了让她心里好过一点儿，让她再次感受到大自然的气息，史吉尼还专门把鲜翠欲滴的桃子放到竹篮子里，真的太好闻了，新鲜的芳香和淡淡的苦味糅合在一起，还捎带有石楠的酸味。雪莉妮艰难地活动着嘴角，勉强吃了两个桃子，那味道真的太独特了，似乎一下子把她拉回到天真烂漫的孩童时代，那种特别的感受只有领会过的人才会有。可是要小心的是，在桃子和叶子中间会有一种特别难以分辨的虫子，假如一时疏忽吃了进去，就要赶紧吐出来，千万不能咽到肚子里。

那种独特的味道，这时的雪莉妮就领会到了，可是她依然咽到了肚子里，之后斜靠在墙壁上想睡一会儿。她的身体蜷缩着，不住地颤抖着。

矮子史吉尼只顾着自己说话，她说她是看着雪莉妮长大的。这话确实不错，十几岁的雪莉妮和孩子们一起在田野间疯闹时，倒是时常和史吉尼碰到。她通常是在采摘果子，打算拿去换钱。现在的她和那时候根本就没有差别。

那天，雪莉妮就这样穿着白天的衣服，后背裸露在外地睡着了，虽然屋子里光线很暗，可是她似乎没感觉。

她苦苦熬着，用尽了全身的力气，可依然只是熬过了一个冬天，春天来临的时候，她就步了她父亲的后尘。她的墓地和父亲相邻，自此以后，他们家的墙壁上就又多了一张印有追悼文的纸。

　　嘉思汀的年纪越来越大了，可是幸运的是，她的身体素质还不错。只要拉斯出门工作，田里的农活就只能由她一个人完成了。她的二女儿卡莲也到外面工作去了。嘉思汀上了年纪，说话也不利索了，可是基本的道理她还是懂的。村子里的人遇到什么事，都会征求她的意见。她也会热情地去别人家帮忙，像生孩子或准备圣诞节的菜肴。她只要待在煮猪煮牛的厨房，身边围绕着袅袅上升的蒸汽，就会把什么都抛到脑后，甚至还会说一些脏话。虽然她穿着高跟的拖鞋，却依然站得稳稳的。

　　矮子史吉尼的生日过了不少个，可是容颜依旧如故，但可怜的嘉思汀却又遭遇了新一轮的摧残。原本她的二女儿和车行老板结婚以后过得很幸福，可是在生孩子时却因为难产死了。嘉思汀和女儿见了最后一面。

　　现在嘉思汀只有拉斯这一个孩子了。拉斯已经二十七岁了，是个大人了，他长得很结实，性情温和，这一点和他的父亲很像。

　　拉斯把那一小块土地经营好以后，还有很多空闲，于是他还会到外面去工作，积攒下来的钱也不少了，拉斯是个个性很好的人，不管在哪里，都会收获掌声。

　　他在春天开始挖泥炭，他做得很好，直到现在，他的泥炭数量都是最多的。他有一身好力气，可以轻而易举地推动三四辆泥炭车，这也关乎他的个性。

　　可是对于拉斯的恋爱态度，嘉思汀却有很大的意见。他总是拿感情当儿戏，一点儿都不认真。他在外工作时和一个农家的缝衣女认识了。

矮子史吉尼天天都醉得不省人事，嘉思汀只要看到她，就会给她一点儿钱，以此换得拉斯的消息。嘉思汀是典型的农家女，对于孩子的这段感情，她没有发表什么意见。

拉斯和美黛是同事。

一个早上，拉斯负责把熟睡的美黛叫醒。他悄无声息地来到卧室，看到还在熟睡的美黛，拉斯笑了。他踮起脚走路，尽可能不弄出声响，这可真是难为他了，因为他正穿着木底的长靴。他俯下身，吻了一下女孩，女孩突然醒了。

美黛一个鲤鱼打挺就坐了起来，看着拉斯。

"到起床的时间了！"拉斯一边轻言细语地说着，一边从卧室里走出去。

一天傍晚，拉斯来到客厅，里面什么也没有，只有美黛在桌边坐着缝衣服，她的手纤细、灵巧，引得拉斯把另一只握在手里不停地摩挲着。

"我吻你，行吗？"他轻声问道。

"不可以，不要！"

"我们靠近一点儿行吧？"

"不行！"

"那你只负责接受就好了！"他带着轻微的喘息说。

美黛不说话了。

拉斯把美黛的手紧紧攥在手里，朝她的唇吻过去。

"看看，你让我吻了！"

美黛羞赧地别过头去。

拉斯也是个很有绅士风度的人，只有得到了美黛的允许，他才会有所动作，他是不会强人所难的。

接下来工作的时候，美黛的脸上一直洋溢着微笑，特别可人。

可是几个月以后，美黛却把其他男人的孩子生了下来。

拉斯遭受这样的打击以后，忽然明白过来，可是他并没有抓着这件事不放，而他究竟在想什么，事实上根本没有人知道。他和往常一样，根本看不出来什么反常的地方。时间过得很快，几年时间一晃而过。

又是一个春天，看到泥炭块越堆越高，拉斯才意识到时间过得有多么快，就这样日复一日，白天和黑夜往返交替，刚刚还是秋天，可是一转过身就又是夏天了。迟钝的彼得再一次出现在人们眼前，他依然把烟斗举得高高的，泰然自若地在路上走着，一脸惬意地喝酒、唱歌，似乎周遭的世界都和他无关。

一年春天，当迟钝的彼得再次出现在人们眼前时，拉斯一只手的食指开始不听使唤，等到冬天时，有两根手指连接处的骨头也断了。可是他是个非常乐观的人，因此他根本不看重，觉得这根本就是小事，不值一提。他不会让人看到他特别高兴或特别难过的时候，这时他往往会一个人躲起来，一个人承受。

在那个阴雨连绵的季节，拉斯不幸患上了感冒，病情来势凶猛，他的嗓子都哑了，甚至到了闷热的夏天，他还把厚重的围巾戴在身上，可是哪怕包裹得如此严实，他依然病得很重。又到了秋天，拉斯的咳嗽越来越严重，有一天甚至还有血咯了出来。这可把嘉思汀吓坏了，她的脸顿时变得毫无血色，慌慌张张地把一边的抹布抓在手上，僵硬地一遍遍地擦拭着桌子。

先前母子两人还是相处得非常融洽的，没有红过脸。可是如今因为一点儿小事，两人都能吵得不可开交。嘉思汀上年纪了，总喜欢说一些不着调的傻话，还喜欢生气。拉斯的情绪也很糟糕，说出来的话就更加不能入耳了。气急败坏时，他只说一句他不想成为一个负担，就径直从家里出去了。

拉斯越来越不爱说话了，但凡开口，就全是奚落。

又过去了一个冬天，很多人都劝拉斯爱护自己的身体，可是他却完全不当一回事。嘉思汀比过去更爱流泪了，也愈发显得老态了。现在，她每周都会去教会，但她即便到那里去了，多数时候也只是在流泪。

又是一个春天，拉斯继续去干挖泥炭的活，可是劳动量远不能和几年前相比了。挖泥炭时，他常会紧锁眉头，似乎非常难受一样。

夏天时，他有两三次喝得酩酊大醉，甚至在赫多布家里工作时，还和一些从瑞典来的年轻人起了冲突，他们互相用长镰刀进攻对方，最后连村长都被惊动了。这时的拉斯已经瘦了不少，脸颊上布满了胡须。因为一直咳嗽，所以他呼吸起来很吃力。

拉斯和嘉思汀黄昏时在院子里坐着，现在已经是八月，到了初秋时节了，空气中充满了凄凉，深绿色的草地上也满是露水。孩子们疯闹的声音从村庄的方向传过来，似乎是捉迷藏的声音。天色越来越暗，夕阳都远离了地平线，天边只剩下一道薄弱的影像，看上去格外凄清，一只乌鸦凄切地从头顶飞过。

拉斯在一块磨刀石上坐着抽烟。二人就这样安静地坐着，虽然气氛还算融洽，可是他们心中依然充满着怨恋。

"进去吧，妈妈。"他的语气变轻柔了许多。

"真的吗？"嘉思汀凄婉地说，忽然抑制不住开始大哭，倒了下去。

他们一前一后进了房间，进门前，拉斯迟疑了一下，看了一眼屋檐，亚纳斯生前最爱的工具就在那里放着，好像一切都还是原来的样子。

他们彼此都没有出声，可是对方心里想什么，他们都一清二楚。拉斯睡觉去了，嘉思汀也去了另一间屋子。

次日一早，拉斯卧床不起，并于一年半后去世。

拉斯就这样一直躺在床上，时间很漫长，和他的父亲以及姐姐一样，他的眼前也是同样的景致。

夏天到来时，尼尔斯·耶布森家的院子刷成了白色，葱绿的两棵白杨树格外醒目，可是突然有一天，白杨树的叶子就掉光了。

母牛在田间散步，拉斯在床上斜靠着，目视着这一切。四处奔跑的调皮孩子，因为想把对面的笔头菜采过来，就和母牛一起从稻田穿过，抵达了对面。拉斯还曾经看到过一个孩子拿着破旧不堪的旧鞋子，像得到一件宝贝一样紧紧攥在手里，他还看到过几个年轻的女孩子效仿梦游人走路的样子，把红色的碎片举得高高的，朝着太阳的方向前进。这些事都发生在四月份。

嘉思汀的背更驼了，因为常年哭泣，她的视力也越来越差。拉斯像对待一个小女孩一样对待她。拉斯的忍耐力还是相当不错的，他一直硬挺着，比一般人能坚持的时间长多了。原本他的手健壮有力，可是如今却变得虚弱不堪，变得像少女的手一样无力。他就这样把玩着垂在床边的流苏，把红蓝两色捋得整整齐齐。

屋子里的钟依然一分一秒地走着，可是因为内部零件有破损，表针已经不起作用了，只有钟摆还能用。只有当钟摆晃动的声音传入他的耳畔，他才会觉得心灵是平静的，所以拉斯要求钟表永不停歇地走。可能钟摆晃动的声音还会让他想到从前挖泥炭的时光。时间就这样缓缓流逝着。

拉斯之前的脾性特别温和，所以深受孩子们的喜欢，连路边的狗也不例外。孩子们时常过来看望他，每当这时，嘉思汀都把眼泪擦干，从烟熏火燎的厨房走出来。在那间飘满香味的房间里，孩子们每次都会仔细端详拉斯那张果敢而没有血色的脸庞，看他有没有好转。对于时间，孩子们并没有什么意识，他们是感受不到时间的飞逝的。

时间就这样步履匆匆地走着，很长一段时光很快就过去了。

拉斯生命的最后旅程走得非常艰辛，医生建议注射一定量的吗啡会有所缓解，可是遭到了拉斯的拒绝，他的理由是，他想看看自己的意志力是否顽强，是否可以熬过那种剧痛。可是死亡的前几天，拉斯实在是痛得受不了了，瘫在床上动弹不得。嘉思汀用自己的身体给儿子做支撑，她的心像刀割一样，眼泪掉个不停。

一天，嘉思汀在拉斯嘴前放上一支支正在燃烧的蜡烛，可是火焰却蹿得老高，映照着拉斯受到无尽摧残的脸，完全没受到任何影响。拉斯终究还是死了，他是在这张床上出生的，他父亲也是躺在这张床上死去的，嘉思汀的婚床也是这张。

拉斯依然被埋葬在山上，那里已经立下了四座墓碑。

矮子史吉尼有一天去看拉斯的墓，孩子们正在草丛间嬉戏。他们喊住史吉尼，让她给他们讲故事。

"矮子史吉尼婆婆，你有坟墓吗？"一个孩子问道。

"当然有啊！"她带领孩子们在草丛间走来走去，这里充斥着各种蚊子。她呢喃着，每座坟墓上都覆盖着这种白色的、一模一样的草，就像老年人满头的白发。

矮子史吉尼忽然在一座坟墓前坐了下来，眼睛愈发湿润了，原来这是她母亲的坟墓。

"她死了多长时间了？"一个孩子充满童真地问。

"哦，应该有好几百年了吧！应该没错。"

矮子史吉尼的记忆已经和她自己没关系了。她这一生没有任何回忆，全都虚度了，留下来的只有满目疮痍。

在拉斯去世半年以后，嘉思汀把一家人住了很多年的房子卖掉了，然后在她的故乡——她弟弟的孩子所居住的地方，重新买了一所房子。

嘉思汀三十三年前从家里离开，如今又折回来。漫长的岁月只是让她的背更弯了。她已经被严酷的命运压倒了，她现在连说句话都觉得费劲。她是真的累了，过去三十三年的光阴对于她来说，就如同一场噩梦一样，她孤身一人上路，又孤身一人回来，任何回报都没有得到。

年老的嘉思汀在一个农家狂欢之夜当观众。她的眼前不断出现过往的经历，像电影片段一样反复出现，她孤身一人从家里离开，到一个陌生的地方安家，最后生命被折腾走了一大半，却只给她留下了苦难，其他什么也没有。她"经历的事情太多了"，在生命的最后二十年，她每天的状态都是迷糊的，就这样一天一天地过着。

# 塞西尔

有一个名叫矮子安东的老男人住在峡湾附近的农户里。他已经一大把年纪了，满头白发，可是却一直孤身一人。这都是因为他过于谨慎了。虽然他每次都会把自己收拾得干净整洁，还特地把正式的长靴也穿上再去相亲，可是没有一次成功。四五十年间，他也曾收到过一些寡妇的暗示，因为她们独自养家太辛苦了，想找个男人依靠一下，可是……

1864年的战争结束以后，矮子安东准备好一切，终于打算结束单身生活了。对方是一个身体健康的好女人，生活习惯也挺好，总之没有哪儿不好的，只有一个弊端就是她住的地方远离沼地，这样每次运煤时，都会洒掉一半，可是这种事也不足为奇。

寡妇家里有一个名叫安东的男仆，是矮子安东的侄子。

几年前，矮子安东的兄弟去了哥本哈根，准备在那里干一番大事业。他在那里经历了一些非比寻常的事，尽管听上去让人难以置信，可是却不是捏造的。在那道峡湾居住的人世世代代都依靠捕鱼生存。大一点儿的农舍有着尖尖的房顶，还盖着一层稻草，建房子的材料通常是石头。那里的农户习惯一次性熏制大量鳗鱼。年轻人都要加入捕鱼的行列中，等他们长大一点儿，就要把父母手中的房屋和土地接过来，还要忙活地里的事。这些年轻的农夫通常会在捕鱼时遭到台风的侵袭，这时他们就会暂时躲到不熟悉的地方去，也正是因为如此，他们去过的地方很多，像沙林克和吉田，甚至更远的地方。于是这些年轻人就把熏制好的鳗鱼拉到拉纳斯去贩卖。那里处处是成功的机会，也难怪矮子安东的兄弟会志得意满地到那里去了。可是二三十年以后，他却沮丧地回来了。据说，他刚到哥本哈根时，先是做了一名学徒，然后自己出来自立门户，曾经开过干货店、酒店。他是有机会赚大钱的，可是最后不知道是什么原因，却一败涂地。

对了，他回来的时候空着手，只带回来一个孩子。因为饮酒过量，他的身体和脸上都异常地肿了起来，脸也一直是红的，他先前的经历所留给他的东西就只有这些了。

人们都叫他"哥本哈根佬"，一眨眼他都回来两年了，这期间，他一直在他哥哥家里住，整天除了喝酒还是喝酒。时常有人看到他在峡湾的流水旁边喝酒边掉眼泪，这使得他几乎成了凄凉的代表。

一天早晨，一个渔夫在收网时发现情况不对劲儿。他一开始还很高兴，以为一定网到了一条大鱼，谁知道竟把那个"哥本哈根佬"拉上来了。他就这么在渔网上挂着，悄无声息地死了。

因为兄弟发生了这样的事，矮子安东再也不想结婚了，长靴子也收了起来，不准备再穿了。他打算把他兄弟留下来的那个孩子当作自己亲生的孩子来抚养，收养的手续也很好办，交了钱以后，有关的法律文件很快就办好了。

矮子安东给这孩子取名叫安东。安东已经二十岁了，成了一个魁梧的小伙子，下巴突出，表情倨傲，做事很麻利，闲暇时就抽支烟、唱首歌，聚会上也一定会玩得非常疯，可是因为他有一些残暴的个性，所以人们并不怎么待见他。

矮子安东忽然去世以后，作为侄子的安东顺利继承了他所有的遗产，安东决定找个老婆回来。

安东还在拉纳斯做骑兵时，塞西尔第一次毫无余地地回绝了他，那时他正在学习英语，还假装大度地用英语告诉自己："没事！"之后，他又把烟斗咬在嘴里，到其他人家去找寻愿意和他成亲的人。他就这么一边走一边问，一直到把峡湾半岛走完了，他都没有找到一个人，虽然这样，他至少还是个富裕的小伙子。

这个峡湾半岛的结构有点儿异乎寻常，住在这里的人也有点异乎寻常，不同于其他地方的人。这里的土地大多掌握在两个家族手里，他们世世代代都在这里住，这两个家族从血缘上来说还是亲戚，基本上可以称为一个大家族了。可是他们的名字却不一样，分别是马雪家族和阿尔雪家族。这两个家族的人都非常亲切，从来没有在外面树敌，可是偶尔也会做一些让人大跌眼镜的事情。

安东穿着时尚的胶底鞋，挨家挨户去走访，最后结果却不尽如人意。大部分人都声称做父母的不太好强迫自己的女儿，婉言谢绝了他的要求。

塞西尔之所以拒绝他，一个原因是他太喜欢说大话了，第二个原因就不是这么表面了。塞西尔是两大家族中的马雪族的女儿，她和住在她家旁边的一户姓阿鲁雪的大户人家的儿子，也就是她的表兄克里斯丁私交甚好，也曾经相互表达过爱慕之情。平常他们也时常在一块儿，可是最后却都避而不见，肯定是有什么事情发生了。

塞西尔长得很美，已经有二十四五岁了，身材很好，而且黑发碧眼，是个大美女。她的身材凹凸有致，做针线活时，下巴都能和胸部贴到一起。高兴的时候，她会肆无忌惮地笑，笑得很大声，不过这样的机会很少，大部分时候，她都是一副冷若冰霜的样子。

安东在到塞西尔家去拜访以前，曾经在朋友面前大肆吹嘘，说自己一定会把塞西尔娶回去，可是最后却被拒绝得很惨。安东觉得很是不爽，干脆找了一大帮年轻人驾着马车去喝酒，最后，一群人都醉得不省人事。安东想到自己从来都没有成功过，越想越伤心，心情简直糟糕透了。对塞西尔来说，她可全然没有放在心上，而且她也非常不喜欢人们将她和安东放在一起说。

每当安东听到人们说，塞西尔和克里斯丁具有多么深厚的感情时，他都会觉得很不爽。之前，他主要通过喝酒唱歌来发泄自己的不快，现在他又找到了一个新方式，那就是驾着马车四处乱跑。他的叔叔矮子安东给他留下了两匹大红鬃马，这是他生前一点点儿喂养长大的。虽然这两匹马的前脚都有伤，可是安东一点儿都不怜悯它们，这也让大家对他充满了鄙夷，越发看不惯他了。

这时突然有一件事发生了，山冈的另一头有一小户人家的女儿怀孕了。他们都说孩子的父亲就是克里斯丁，而克里斯丁也承认了。他说是自己一时糊涂，才会酿成大错，对于对方提出的每月十克朗①赡养费的要求，他毫不犹豫地答应了。对于富裕的克里斯丁来说，这点儿钱根本不值一提，他也觉得这件事再小不过了。可是塞西尔听说这件事以后大发雷霆，一直抓着这件事不放，还极尽渲染。这件事情发生以后的第二周，克里斯丁像平常一样去找塞西尔，塞西尔却忽然大声斥责了他。克里斯丁自知心里有愧，不停地

①即丹麦克朗，也称克罗那，丹麦法定货币。

向她解释，好脾气地劝慰她，甚至还把他们的婚约拿出来，请求塞西尔原谅自己。可是塞西尔根本不吃他那一套，继续挖苦他。"那个穷酸的女孩长得美吗？""她的脚难看吗？""她身上的臭味你闻不到吗？"塞西尔特别做作地笑着，语气里充满了鄙视。接着她又把扑克牌拿出来，要给他们两个占卜。在场的朋友想要劝解他们却无从下手，只能傻傻地在原地站着。大家都知道，这个游戏有着很悠久的历史了，提出问题后，假如牌面上显示是红心A，那么就意味着是肯定的答案。

塞西尔问的第一个问题是："你们的见面地点在哪儿？客厅？卧室？还是床上？床下？"

最后占卜出来的结果竟然是床下！塞西尔笑得很大声，在场的朋友也忍不住笑了。塞西尔接着占卜第二个问题，客厅里一时间鸦雀无声。"你们是坐在老鼠拉的两轮车上约会吗？你们居住的地方是由破木板搭成的小木屋吗？你们在一起做什么？是亲吻、相互抚摩，还是倒在床上滚来滚去？"

克里斯丁虽遭到这样的羞辱，却只能隐忍不发，一副气急败坏的样子。塞西尔发泄完了自己的怒气，笑得很猖狂，克里斯丁再也无法忍受了，起身离开了这里。

"嘿，你的手套忘记拿了！"塞西尔追在后面大叫，"你难道是想以后就用女人的胳肢窝焐暖！"

他们之间的事被人们议论了很长一段时间。

没过多久，塞西尔和马雪先生就收拾停当，准备到亲戚家去拜访，顺便给渡口边上的酒店送去五头猪。

他们到达渡口时，安东也正好在那里。这个年轻人曾求婚多次遭拒，此刻正喝得烂醉如泥，一摇一晃地从里面走出来。看到塞西尔父母的豪华马车就停在自己眼前，后面还有一整笼子的猪，他的脸上写满了惊诧。

"嘿！你们是打算搬家吗？"安东打了个酒嗝，接着问道，"我可是什么都知道，"他的声调突然高了好几个分贝，"肯定和那个小孩有关。"

"请你说话注意点儿分寸！"马雪先生向安东发出了严厉的警示。

安东全然不当一回事，放声大笑起来，整个走廊都回荡着他奇怪的笑声。他忽然跟跄着跑到放着他马车的屋子里，爬到马车上面，两匹马被他吓得颤抖不已。

"害怕什么呀！两个傻瓜！"

安东把缰绳抓得紧紧的，把挡泥板上的马鞭举得高高的，然后大喝一声"驾——"马车就快速朝前冲了出去。

马雪先生在一旁站着，气得吹胡子瞪眼。车轮原本就不太紧了，再加上拐弯时所产生的强大冲击力，就像终于挣脱了束缚一样从车身飞了出去，落入到了一边的地沟里。之后，只有一只轮子的马车轰然倒地。安东也被惯性甩了出去，在空中飞扬了一下以后就和地面来了个亲密接触。马依然在跑，残破的马车也还挂在后面。

马雪先生好像是忍俊不禁，捂着嘴咳嗽了一声，才把自己的笑意掩盖住。过了一会儿他才忽然惊醒过来，连声说着不好，飞快跑了过去。

一旁的塞西尔也笑得前仰后合，和父亲一起朝门口走了几步，可又忍不住哈哈大笑起来。

安东醒来后，塞西尔非常严肃地斥责他："哪有人像你这样驾车的，你这条命不想要了？"

"塞西尔，你不知道！"安东一副颓败的样子，说道，"我只是心里不好受，这样可以让我把心里的难过忘记，假如……"

忽然有人打断了安东的话。马雪先生已经准备好走了，安东也没那么难受了，就站起来送了送他们，马雪先生把一枚钉子送给他。

"我们都非常好，你还是尽量少说话，免得又让我生气。记住了啊，这次我就先饶恕你，假如再有下次的话，我会让你好看。"

马雪先生一脸威严地看着安东，似乎打算让他吃点儿苦头。

之后，他们又再次出发了。

后来，克里斯丁又来找过塞西尔几次，非常温柔又谨慎地劝说塞西尔，还想着二人可以重归于好，可是塞西尔一点儿都不领情，从来都不跟他说话。只要他一来，她就躲到厨房里不出来。

复活节那天，安东又来拜访了，这次他很谨慎，没有喝酒，还把自己好好收拾了一番，他再次请求塞西尔嫁给他，最终，塞西尔同意了。

马雪先生听说后一百个不同意，可是他不同意是无效的，他们直接订了婚，婚礼就定于下个月举办。

马雪先生说服不了女儿，只好任由她去了。

订婚以后，安东和塞西尔才第一次发生了关系。当地人家的姑娘都是这样的，而马雪家族作为这样历史悠久而传统的家族，当然要完全遵守这种风俗。

在他们结婚以后的第九个月，他们迎来了自己的第一个孩子，塞西尔生产以后，反倒把一直以来的气喘毛病给治好了。

婚礼那天，安东喝得烂醉如泥，婚后他喝醉的次数也非常多，驾着马车到外面跑的频率也更高了，这简直成了一种习惯。不到一个月时间，好几匹无辜马儿的前脚都被他弄伤了。他驾着马车时，还喜欢把塞西尔带上，在这件事上，两人的行动出奇的一致，一个更甚一个，甚至有一次，还一起从马车上摔落在地。

婚后，安东个性中残暴的一面表现得愈发突出了，也时常会在宴会上东拉西扯，弄得人们越发不待见他。不管到哪里，他都会吹牛，稍微上了年纪的人都不喜欢他这种行为，也没人愿意和他打交道，可是这丝毫不会对安东产生影响，他一样到处显摆，告诉人们自己多么有钱。大家都非常瞧不起他这种行为，而且对于个中原因也都清楚，可是都不愿意跟他一般见识。

而塞西尔呢，她本质上是一个贪慕虚荣的人，还有点儿神经质，这是一般人无法理解的，对于丈夫给自己带来的屈辱，她的反应也异于常人，不仅不阻止他、劝诫他，反倒鼓励他这么做，采取更加残暴的方式。不管丈夫做出什么过分行为，她都表示理解，还给丈夫建议，怎么才能让事情变得更糟。

一天下午，因为前一晚在宴会上太疯狂了，疲乏的安东还在卧室里睡觉。这时，塞西尔走了进去，在客厅等候的朋友听到塞西尔在里面斥责自己丈夫，尽管不太听得清楚内容，可是语气的确不太友好。塞西尔的声音很尖很细，像是什么锋利的武器直直地朝自己的丈夫刺过去。过了很久以后，卧室里突然响起丈夫刚睡醒而低沉的声音，两人又争吵了一会儿，有椅子落地的声音传出来。

这对夫妻根本不知道如何管理财产，听不进别人的任何议论，一意孤行，而且两个人极其不默契，安东说了"七"，塞西尔就肯定会说"十四"。假如安东野蛮驾车，塞西尔挥鞭子的力气就会更大。

在一个摸彩活动的现场，安东曾经大手笔买下了二百克朗的奖券，他这种举动也太疯狂了，人们一时都呆住了，可以看出来，他已经醉得不省人事了，叼着烟斗的嘴抖个不停。而塞西尔呢，相比她的丈夫有过之而无不及，买得更多，而且根本不关心能否中奖。哪怕奖品只是一双长靴，她也激动得大叫，不知道是因为太兴奋了，还是因为恐惧，她的脸上满是汗水。旁边的人看到她如此不爱惜自己，都一个劲地叹气，甚至难过地掉泪。

他们一掷千金，买回一堆毫无价值的东西，且安东坐到马车上以后，又像疯了一样，把奖品全扔了，之后忽然把缰绳拉紧，可把可怜的马儿给吓坏了。

他们的马车在路上疾驰，车轮似乎都要离开地面了一样。安东一身的暴戾，像是恺撒附体一样，大力地挥动手中的鞭子。只要他们的马车经过，路旁房子的窗户都发出震耳欲聋的声音。塞西尔俨然一副贵妇打扮，穿着一件黑色的外套，上面还有不少珍珠，脸上的表情也是阴郁的，就像她外套的颜色一样，根本看不出她心里是怎么想的。

两人结婚才一年多，就把之前的房子和地产都败得一干二净，他们挥霍的速度让人瞠目结舌。那段时间，人们又开始议论他们是怎么花钱的，最后，他们毫无意外地破产了，拍卖会上，连沙林克的人也来了。

他们没钱以后，只能在一户农民家里寄住，他们的第三个孩子在这期间出生了。

虽然他们已经破产了，可是安东依然嗜酒如命，在别人看来，他已经无药可救了。安东似乎在破罐子破摔，似乎在一点点儿朝深渊走去。安东的头发从一生下来就是直的，眼睛通红，把他残暴的个性表现得愈发明显。如今的安东就像被什么捆绑住一样，已经无药可救了。

在他们搬离现在的住所以后，安东就撇下妻子和孩子，一个人去了史奇威。一开始他还表现得很积极，找了一份正儿八经的工作，可是没过多久，他的本性又暴露出来了，天天躺在火车站里优哉游哉。被逼无奈的塞西尔只好带着孩子回到了自己的父亲家，对于一向争强好胜的她，这简直是莫大的耻辱。这时的安东，却在史奇威和另一个女人住在了一起。

塞西尔的想法还是那么奇怪，假如有人为了对她表示安慰，斥责安东的所作所为，她就会仇视地看着对方，脸马上拉下来，似乎要用眼神杀死对方一样。假如有人同情她，她就会仰天大笑，那种笑让人觉得害怕。

忽然有一天，安东回来了，意外的是，他没有喝酒，可是本质还是和原来一样，尽管他才二十多岁，可是他的身体就像长久在海水中泡过一样，全身发肿，脸上也凹凸不平。安东陪着孩子玩着，泪水悄无声息地滑落下来。

次日，马雪先生就跟女儿说，他不希望女儿一家都住在自己这里。听到父亲这么说，塞西尔当时一个字都没说，也没做任何动作，可是两周以后，他们举家搬迁到了条件更差的山冈地区。她通过织布来养活一家人，安东就拖着一副病体在家里待着，没办法做任何事。

有时候，塞西尔会思考命运，觉得命运真是奇妙。她这一生就因为一开始的幼稚和执拗给毁了，她只是对眼前的生活提出反对意见，对于以后的生活，她全然不在意。很多人都同情她，为她感到遗憾，可她本人倒不这么想。对于自己的将来，塞西尔从来没有认真想过。很多事情她都想不清楚，也没有人真正走进过她的心灵深处。

时光飞逝如流水。

塞西尔在山冈织着布，很多人都很喜欢她织的布。她专心地整理着手中的细线，全神贯注地织着布。

## 黑色窗帘

　　这个故事，那群老人永远都不会忘记。即使时间已经过了很久，他们还是记得清清楚楚。无论何时提起这个故事，他们都能详细地描述出来，哪怕是一个很小的细节。

　　在希默兰，有一个东西走向的山谷，曲曲折折的河流沿着山谷蜿蜒地流淌着。河流的形状看起来既像条蛇，又像正在觅食的蚯蚓，它的两岸还有一些草原、田地和堤坝……枝叶茂密的石楠生长在山谷南面的山丘上，一切显得都是那么的生机盎然。葛洛布里村庄就坐落在这片瘠薄的土地上。

　　一百多年之前，一位叫耶斯·阿纳逊的农民就生活在这个村庄中。他的日子本来很富裕，可惜中途家庭破产了。现在，他们家的房梁已摇摇欲坠，像极了一匹迟暮的老马。其实，耶斯并不是真穷，他偷偷存下了很多财产。一天清晨，也不知道为什么，他非常愤怒，狠狠地打了家里的一个用人。更可怜的是，这个被打的用人还不到十九岁。

这个时候,他的女儿凯伦恰好在桶里搅拌着糊墙的黏土。她隔一会儿就把头探出来一次,观察外边的事情。用人疼得四处乱跳,边跳边向耶斯求饶。然而,耶斯就像没听见似的,用手掐住用人的脖子,还用槲树棒子抽打他的后背。用人的眼眶中满是泪水,脸上透露着恐惧,拼命地扭动着自己的身体,希望能挣脱耶斯·阿纳逊的毒打。

凯伦觉得黏土快要搅拌成功了,就向墙壁走去,把满手的黏土狠狠地甩到了墙上。她身强体壮,一双强健有力的长腿暴露在被卷起的裙子下。

渐渐地,耶斯平静了下来。用人克制着自己的哭声,偷偷向牛棚溜去,他不想被任何人发现。耶斯则大声地训斥着向正房走去,边走边把他那瘦得皮包骨头的手颤颤巍巍地从皮衣里拿出来,看来他愤怒的情绪还没有完全平复。

被打的用人的动作变得非常敏捷。他走过的地方,只能看见他那显眼的头巾的影子。耶斯走进了房子,在那之前他把手里的槲树棒子丢在了走道的一个旮旯里。一段时间之后,一条戴着链子的狗从桶里战战兢兢地走了出来,全身都脏脏的。一定是因为刚才风刮得太大,它才迫不得已躲进桶里,只有那样它才能躲避风寒,获得温暖。

凯伦恰好在这个时候站了起来,把满是黏土的左手放在耳边聚拢,认真地听着外边的动静。直到听不到父亲的辱骂声后,她才接着干自己的事情。首先,她把扎成束的石楠泡入木桶里。其次,把浸泡过的石楠放进柱子上的洞里,最后,用黏土填满小洞的空隙。

水井边围了一群母鸡,它们一会儿用爪子在地上刨土,一会儿放开嗓子叫两声。

用人从牛棚里走出来已经是十五分钟之后的事情了，他看起来还是一副恐惧的样子，先是战战兢兢地观察着周围的情况，然后才小心翼翼地朝门外跑去。

凯伦小声地喊道："安东！"

年轻人犹豫了一下，还是走向了凯伦。他那明亮的眼睛中，还透露着难以掩饰的悲伤。他使劲吸了一下鼻子，发出了很响的声音，之后看了一眼身材高大的凯伦。

凯伦边用手擦拭着额头的汗水边站起身来。

"没关系！"她用平和低沉的嗓音安慰着安东。而安东却因为这句温柔的话语号啕大哭了起来，他心中最后的一道防线被击垮了。他把自己瘦弱的身体蜷缩在肥大的外套中，姿势异常奇怪。即使距离他被打已经过了一段时间，可他的内心还是充满恐惧。

凯伦认认真真地把黏土糊在墙上，为了使黏土粘得更结实，她每次糊完一遍后都会再拍打拍打。黏土的碎屑随着她的拍打飞来飞去，有一些飞到了她暗淡的脸上，还有一些飘落在她栗金色的头发上。她的一只眼睛下方还粘了一块黏土球，真是太有趣了。

"帮我把牛牵到别处，好吗？"

虽然凯伦说这句话的时候很漫不经心，但是并不会让听的人反感。

"都过去了，你就不要再去想了。刚才发生的事情没有什么大不了。"

安东愣在了那里，他没想到凯伦会跟他说这些话。还没等他做出什么反应，凯伦就又开始用黏土糊墙了。她灵活的双手在墙上游走，不一会儿就把墙糊得平平整整。不仅如此，连那些不仔细看都看不见的小洞也被填得很美观。安东闭上双眼，叹息了一声后就走开了。

凯伦知道，如果不是因为她，父亲也不会如此毒打安东，所以，她对此很是内疚。

凯伦跟一个给人家做工的年轻人相爱。可是，凯伦的父亲坚决不同意他们在一起。

那个给人家做工的年轻人住在山谷的另一边，名字叫作劳斯特。

劳斯特是尼尔斯唯一的儿子，即便如此，劳斯特的日子还是过得很拮据。但这绝不是因为他们家的生活条件很差，恰恰相反，尼尔斯有很多财产。只可惜，他是一个远近闻名的吝啬鬼。就算一辆四个轮子都跑得冒烟的马车停在他家门口，他也绝不会把自己家的油借给马车的，这件事可是别人亲眼所见的。即使他意识到耶斯家里也很有钱，他表面上还是表现出一副反对的样子，他说他最看不得这种不合规矩的男女交往。

午饭时，耶斯独自坐在餐桌的一头，严肃的脸上还有一些余怒，这使得整个餐桌都被低气压笼罩着。他手中拿一个马铃薯，用粗鲁的动作把它的皮剥掉，之后再把皮放在餐桌边上，用力地蹂躏。

餐桌上静悄悄的，大家大气都不敢喘一下。

他的妻子一会儿走进厨房，一会儿又走到餐桌，根本闲不下来。她戴了一个头巾，把自己的额头、面颊、嘴巴都藏在了头巾下。这样，我们完全不知道她脸上是什么表情，只能看见露出来的那一道道深深的皱纹。

安东也只是默默地吃着手中的马铃薯，蘸料都不敢蘸一下。为了不发出声音，他还特意放慢了嘴中咀嚼猪肉和马铃薯的动作。

"你吃马铃薯不蘸黑醋吗？"耶斯突然开口生气地质问道，边说还边不耐烦地用餐具的刀柄敲着餐桌。

这一声质问可把安东吓坏了，吓得他差点儿从椅子上跳起来。他赶紧把一块马铃薯插在自己的刀尖上，哆哆嗦嗦地靠近碟子蘸了一下黑醋。

凯伦觉得自己有必要反抗一下，于是，她开始用很夸张的动作吃饭，时不时露出自己的牙齿。为了躲避父亲的目光，她背对着父亲吃饭，不停地往嘴里塞食物，把嘴巴撑得鼓鼓囊囊的。

温暖的阳光抚摩着窗台上懒散的天竺葵。旁边那条饥肠辘辘的狗叫帕索普。没有人给帕索普投喂食物，所以它现在饿得嗷嗷乱叫。拴它的铁链子被它肆意拉扯，发出"铛铛铛"的声响。

下午，凯伦的任务就是把堆肥从槽里运送到车上。可不要小瞧她，她干起活来比两个男人都强。安东负责驾车，耶斯的工作就是把肥料撒进地里。牛不断地向前走，拉绳也晃晃悠悠的，车上堆得像山的肥料伴随着牛走动都掉了下来。刹那间，氨的刺鼻酸臭味弥漫在整个农家。

傍晚来临，太阳下山后耶斯才允许结束这一天的工作。他想去村子里走走，于是，他默默地把外套穿在身上，走向了山谷，步伐铿锵有力，不一会儿就看不见他的身影了。

五分钟之后，安东拿着一块儿很大的面包走出了农户家。他吃着面包顺着河流走着，等他把手中的面包吃光了之后才感觉到一丝饱意。随后，他开始奔跑，跑到了山谷里，消失在人们的视野中。

大约过了半个小时，劳斯特穿着一身破破烂烂的衣服走来了。值得一提的是，这身衣服就是他平时穿的衣服，西服是打着补丁的，脚上的木鞋也是最简单的款式。其实，他身材高挑，完全够格做国王护卫。遗憾的是，他现在只是一个很平凡的年轻人，在别人家干着农活。他那一双纤瘦的腿藏在松松垮垮的裤管里，五官像是被人工切割出来的，立体瘦削；还好下巴上很光洁，看上去很干净；他的眼睛中透露着不满的情绪。凯伦迎上来，牵住了他的手，一起走进客厅。

"很高兴你来做客。"农夫的妻子说着客套话。其实，她一点儿也不希望劳斯特来，头巾下的表情是那么的不耐烦。

大家围着餐桌坐了下来，没有人发出一点儿声音。天色渐渐暗下来，屋子里的光也逐渐消失。突然，一股奇特的香气飘进了人们的鼻子中。奇怪的是，人们都觉得这股香气并不是来自外边，而是从屋内散发出来的。

紧接着，农夫的妻子开口提了要商量的事情。三个人特意把声音放低，小心地讨论着。又过了一会儿，农夫的妻子离开了屋子，原来她到外面拿蜡烛去了，回来后她就把蜡烛放在了桌子上。

凯伦很热情，为自己喜欢的人准备了啤酒和面包。

"到时间了，我要走了。"劳斯特说着站起身来。

"东西还有很多，你再吃点儿，吃完再走。"凯伦挽留道，语气中带着失望，手中摆餐具的动作却很麻利。

"不行啊，我真的要走了。"

劳斯特拿着帽子站在一边，时不时晃动一下，蜡烛发出来的火光恍惚不清，但能清晰地照出他衣服上那一道道折痕。他的手腕实在是太长了，估计得有八厘米。农夫的妻子把眼前的这个年轻人上下打量了个遍，不得不承认，这个年轻人真的很强壮。她戴上头巾，一会儿看看自己的女儿，一会儿看看那个年轻人。而此时的凯伦呢，只是静静地站着。

其实，大家都不知道能做些什么，所以只好保持安静。

老妇人的头巾遮住了她的大半张脸，她的脸就这样被隐藏在黑暗中，给人一种阴森森的感觉。她张了张口，又抬起那双沧桑的手说："年轻的劳斯特啊，我们都不知道下一刻会发生什么。当然，我肯定也不会强迫你做什么。从现在的情况来看，你还是先在这里待着吧。"她一只手拉着劳斯特，另一只手搂着凯伦，目光在两个人身上徘徊。到了最后，她却盯着劳斯特一直看。凯伦把头深深地埋在胸前，她可能是有些羞涩。劳斯特想露出一个笑脸，可惜他并没能笑出来。

"事情既然已经这样了，老头子不答应也得答应了。"老妇人一遍又一遍地说着这句话，也不知道她是想说给两个年轻人听还是说给自己听。每说完一遍，她都会叮嘱劳斯特多吃一些。

"多吃点儿，再多吃一点儿啊，劳斯特！"

劳斯特站在一边想了想，之后便坐到了刚才他坐过的椅子上，一口口地吃着餐桌上的食物。

不一会儿，屋外传来了"趿拉，趿拉"的木鞋声。

"哦，是父亲，他回来了！"凯伦开始变得慌张，紧紧地抓着劳斯特的肩膀。

咔嗒一声，耶斯推开了门，接着便跟往常一样弯着腰走了进来。劳斯特迅速地把手中的餐具放在了桌子上，吞下口中的食物后，他才抬起头来。看来，劳斯特也很紧张。耶斯看到这幅场景后，没有再往前走动，只是静静地站在门口，气得连话都说不出来了。老妇人也不敢说什么，只是收拾着桌子，脸上的表情像瞬间失去了希望似的，又变成了往常木讷的样子。

"你这个浑蛋，竟然那么不要脸，谁让你在我们家吃饭的！"

耶斯气愤极了，身体开始颤抖。这样当然不解恨，于是他又骂道："滚，给我滚出去！你要是再不走，我就打断你的腿。你看看你现在半死不活的样子，站都站不住，穷得饭都吃不上。我用我最小的手指都能把你丢出去，你这个混账，赶紧给我滚！"

耶斯冲了进来，发了疯似的拿起木棒，拼命地抽打着铺满黏土的地面。劳斯特一刻也待不下去了，拿起自己的帽子就要离开。当他走到门口时，转身看了看还在抓狂的耶斯，气愤地反驳道："就你一个穿得破破烂烂像乞丐的老男人，还想把我打出去？我倒要看看你有没有这个本事。今天我出了这个门，以后你们求我我都不会再来，死老头子，快去死吧！"劳斯特说完后，"嘭"的一声，用力地关上了大门。

劳斯特离开后，屋里只剩老妇人和凯伦了。耶斯一定会把他的怒火撒在她们母女身上，真是太可怜了。

耶斯肚子里攒满了怒火，于是，妻子便成了他的出气筒。他用手中的木棒扯掉了老妇人的头巾，老妇人那没剩几根头发的头顶暴露在了空气中，看起来真是太凄惨了。老妇人并没有反抗，默默地忍受着丈夫的毒打，当她疼得实在受不了的时候才会喊几声。

凯伦坐在折叠床上看着母亲被父亲毒打，脸上没有任何表情。她对这样的情景已经习惯了，这么多年来一直如此，她也从未制止过。无论那个发疯的男人行为多么过分，他都还是自己的父亲啊！

耶斯打完妻子后，又向凯伦走去。

"看来不好好收拾你一顿是不行了。"

"不要啊，爸爸。你忍心对我下手吗……"身强体壮的凯伦哆嗦着身子求饶道。

她的求饶起了作用，耶斯没有打她，他咳嗽了两声吐了口痰后，火冒三丈地看着凯伦。最终，他长长地叹了口气，摇着头向走廊走去。

他丢掉了手中的木棒，走到餐桌旁坐了下来。

"没有下一次，今天这样的事情要是再被我发现，我让你们吃不了兜着走。"他恶狠狠地威胁道，"我永远都不要再看见那个挨天杀的浑蛋，他半死不活的样子真是晦气！"

农夫的妻子在一边把头巾重新戴好，把整张脸又藏在了头巾下，像极了木乃伊。之后，她又开始忙活晚餐了。

她用颤抖的手拿着黄铜钳子替换蜡烛的烛芯，不仅手在颤抖，全身都在不受控制地哆嗦。

她在厨房和餐桌之间走来走去，身上穿的裙子却没有随着她的动作飘动，像是被支撑住了似的。

安东不想引起别人的注意，于是偷偷地溜进屋子，蜷缩在餐桌旁的椅子上。他用最快的速度吃着牛奶燕麦粥，与此同时还用自己充满恐惧的眼睛四处看着，滴溜溜转的眼睛一刻也没有停止，像小狗摇尾巴一样。

耶斯接受了这件事的教训，加紧了对凯伦的管教。凯伦每天都活在父亲的监视下，没有任何可以喘息的空间。不仅如此，耶斯还辞退了安东，家里和田里的工作由自己亲自接手，当然凯伦要跟他一起干。

两个月过去了，每天都是这样过。在这期间，劳斯特和凯伦一面都没见过。

劳斯特意识到，能让耶斯妥协的方法只有一个，那就是让自己变成有钱人。有了钱之后，耶斯就无话可说了，自己也能顺利地迎娶凯伦了。于是，他开始计划着如何赚钱。

秋季，劳斯特找到了一份牧牛的工作。他的工作内容很简单，就是把牛群从荷布罗赶到伊塞荷乌的市场中进行售卖。这份工作给他带来了很丰厚的报酬，他坚信他的下一份工作一定比现在更好。他的自我鼓励好像起了效果，不管多么累的活他都甘之如饴。

牧牛的男人们用鞭子驱赶着牛群不断地前进，经过了一个又一个的村庄。天空中一直下着雨，他们也没有任何防雨措施，穿着单薄的衣服不停地走着。天色渐晚，雨水积在路上，形成了一片片的积水。尽管这样，牛和人还是不能停下来休息，牛迈着稳健的步子慢悠悠地走在雨中。相比之下，牧牛人真是太惨了，他们脚上穿的是简陋的木底长靴，还要穿过一个个田间地头。在夜晚中，有的牛会迷失方向，有的会掉进水沟、穿越土堤，还有的会受惊似的跑来跑去。这时，牧牛人的任务就是找回那一头头走丢的牛。赶牛的牧牛人都是做过农活的年轻人，活力十足。他们在夜晚唱歌，打闹喊叫，不把喉咙喊哑决不罢休。他们赶牛的步伐不会受白天黑夜的影响，一直在前进，永远不会停下前进的步伐。牛走过的地方，全是"哞哞"的牛叫声，踏步的牛蹄子声，甩来甩去拍打蚊子的牛尾声。当然，一天中的某个时候，他们也会到旅店里休息一下，喝点儿小酒，之后躺在枯草中放松一下身体。

某天夜里，牧牛人用长绳子拴住牛群放到院子里后，就停在了斯卡纳波亚北方的一家客栈中休息。

劳斯特在没有到达客栈之前就已经累得筋疲力尽了，可他依旧抽打着手中的鞭子，时不时用脚踢一下牛。等这一切结束之后，劳斯特迈着疲惫的脚步，饿着肚子走进了客栈。突然，一阵吵闹声传进了他的耳朵。争吵的内容让人听不下去，紧接着又响起了刺耳的尖叫声。劳斯特根据声音的出处判断了方向，他跑过去想看看到底发生了什么。之后，他便看见了躺在客栈门口的黑影。就在这个时候，有个人把门推开了，那个人手中提着一盏灯，照亮了黑暗。原来，那个地上的黑影是跟他一起牧牛的伙伴。现在，他浑身抽搐着，一副很痛苦的样子，仔细一看，一把大刀竟然穿过了他的喉咙，伤口处的血在不断地往外喷涌。

劳斯特把头抬了起来，听到远处有一阵脚步声，那是长靴奔跑在泥水中发出的声音。所以，劳斯特推断发出那个脚步声的就是凶手，他要逃走。

被刀穿过喉咙的牧牛人终究还是不治身亡。客栈中所有的人都被这场关乎人命的事件影响，每个人都要接受调查。

几天后的一个清晨，劳斯特丢掉了所有工作。他想回家，于是他从枯草堆中逃走了。两天后，他回到了家。

几个月的时间一晃而过，劳斯特和凯伦还是像原来那样，瞒着耶斯背地里悄悄约会。耶斯完全没有发觉，对凯伦的管教也渐渐地放松。他之所以这样做，是想让别人觉得自己和善慈爱一些。他开始观察起身边的那些男孩子，因为他觉得凯伦到了该结婚的年龄。

时间一晃就到了十一月，什么内情都不了解的耶斯和凯伦来到教堂，与此同时劳斯特也来了。凯伦和劳斯特已经很久没有见面了，两人在教堂门后面说着情话，偷偷地约会。

他们约会后的第二个星期天，凯伦终于得到了耶斯的允许，自己一个人去了教堂。她终于又能见到劳斯特了，于是他们在一起聊天散步……

周一的傍晚，劳斯特出现在小河旁，他独自一人沿着河流走啊走。几个小时过去了，他才走上小桥过了河。晚上的时候，他来到了凯伦家，站在她家的门口。

点着蜡烛的客厅中只有耶斯一个人，他一个人坐在桌前品尝着晚餐。他的妻子则在厨房里"咚咚咚"地砸着泥炭。烛光忽闪忽闪地映在窗户上，窗户的一侧挂着黑色的窗帘。如果耶斯抬头看，只能看见黑乎乎的一片，跟个黑板似的。

"当当当！"急促的敲门声从外面响起，耶斯听到声音后抬起头来，发现了推门闯入的劳斯特。此时，劳斯特眼中发出来的光跟原来截然不同。

"混蛋，你看看你这个穷酸样。你要是敢坐下，我就打死你！"耶斯看到劳斯特后怒火直冲头顶，愤怒地说道。

劳斯特见状，把放在身后的手拿了出来，再仔细一看，他手中握着的竟然是一把斧头！

耶斯被吓得瞠目结舌，目光一刻也不敢离开劳斯特手中握着的那把斧头。他的第一反应就是逃离客厅，于是他站了起来，想从餐桌和椅子之间溜进厨房。然而，他并没能如愿，他那软弱的妻子用火棍给了他一棒。她就站在一片黑暗中，看不到她脸上的表情。

"上帝啊！"耶斯用手掩住脸，像疯子一样嘶吼着。

劳斯特趁机走到他的面前，用斧头的斧背打向他的脸。这一下打下去，耶斯整个人就像被抽光了力气似的，脖子也垂了下去。

耶斯晃晃悠悠地站着，嘴中直喊疼，耷拉着脑袋一步一步艰难地向门口走去，用尽全部力气才把门推开。凯伦早就埋伏在了外面，见耶斯出来就抬起了手中的锄头，猛地一下子打了他的下巴上。劳斯特接着又从后面给了耶斯一斧头。

耶斯撑不住了，呻吟的声音也越来越小。没过多久，他就直挺挺地倒在了地上，挣扎几下后就一动不动了。

劳斯特扔掉手中的斧头，跨过耶斯的尸体，向凯伦走去。他用右手搂住凯伦的裙子，抬起她的一条腿，左手扶着她的脖子，抱着她就向屋子走去。

老妇人终于从厨房走了出来，面无表情地看着眼前的场景，那个浑身是血死去的可是她的丈夫啊！她没有再往前走，点燃了手中用钳子改造过的烛芯，整个客厅变得明亮。

她拿着钳子呆呆地站在那里，一动不动。她回忆走过的岁月，迷迷糊糊中总觉得耳边有个声音跟她说："快，用你手中的钳子戳烂他的眼睛。"这个声音萦绕在她的耳边。她很想听从这个声音，这大概就是她的命吧。

最终，她放弃了这个想法。其实不管她再做什么都没什么用了。她想了想，决定把钳子放回装烛台的盘子里。

她受够了过去的日子，处处被打压的生活终于结束了。说实话，她真的很高兴。她的力气渐渐被抽空，无意间看到了放在三脚架上的赞美诗。就这样，她窝在椅子中捧着赞美诗读了起来。

大门是敞开的，向门外望去，只能看见一道走廊。蜡烛发出的光已经呈黄色了。老妇人的头巾依旧盖住了整张脸，暗暗的阴影洒在她裸露的皮肤上。她全神贯注地看着书中的赞美诗，一会儿出声读，一会儿小声嘟囔。

一个晚上过去了，时间到了第二天。杀死耶斯的三个人全部被逮捕了，送往荷布罗进行审讯。他们行凶的方式太不人道了，并且还没把尸体藏起来。三个人都承认了自己的罪行，证据都在，所以审判结果很快就出来了：劳斯特死刑，凯伦母女无期徒刑。

一月的一天，天空中飘着雪花。放眼望去，大地已经被雪覆盖了。劳斯特就是在今天接受死刑，现在，他被带到了葛洛布里的荒野中。周围的群众对这件事感到很新奇，都抱着看热闹的心理聚集在此。

距离行刑就剩几个小时了，劳斯特哭了起来，精神也变得怪怪的。最终，他还是在劫难逃，脑袋被砍了下来。他的父亲尼尔斯站在人群中靠前的地方，在劳斯特脑袋被砍下的那一刹那，尼尔斯穿过前面的人群，冲到了断头台的前方。他头上戴着褪色的毛毡帽，身上穿了一件纯色粗毛线织成的衣服。可能是年龄大了的缘故，他的身体止不住地抖动着。

几缕分布零散的胡须长在老尼尔斯的下巴上，他稳定了一下自己的情绪后，尊敬地问道："法官先生，我儿子的木鞋能让我拿走吗？"

他儿子在被处死的时候，穿了一双新的木鞋，那双鞋子的四周被铁钉子牢牢地钉着。其实按规矩，只有刽子手才能拿走死者的鞋子。

## 艾尔瑟的婚事

　　小苏恩的父母去世之后，他就被远方亲戚西佛特·尼尔森收养了。西佛特的其他孩子早已成家立业，家里只有一个十九岁的女儿艾尔瑟。

　　苏恩今年七岁，个子不高，心思缜密。他找不到人跟他一起玩，就想办法自己消磨时间，做了很多奇怪的事情。他跑到海堤岸上挖了很多洞，将自己捡到的光滑小石头藏进去。他还攒了很多稀奇古怪的东西，都放在牲口棚里一个隐蔽的窗框里。不管他怎么想办法取乐，都能玩很长时间。他可以在同一个地方玩一个不起眼的游戏，一玩就是半天。你会发现，可能他的玩具只是一根小木棍，或者让他折腾得奄奄一息的甲虫。

　　苏恩可以把自己照顾得很好，跟大人和家畜也都能友好相处。夏天，他会跑到堤岸上，抓住一只青蛙，把它拴住，小心地带到合适的地方，任由它乱蹬，根本不管它会不会把腿蹬断。冬天，西佛特·尼尔森会和苏恩一起读教义问答手册，苏恩做事勤快，嘴巴又甜，把这个粗鲁的男人伺候得十分妥帖。在火炉旁边的草垫子上，坐着西佛特的妻子。她操劳了一辈子，现在什么都不做了。不知道为什么，苏恩对她有些畏惧。

虽然西佛特家的农场里非常冷清，但艾尔瑟却总是高高兴兴的。每天早上，她都会去奶场唱歌，在石子地上蹦来蹦去。她对人十分温和，就像和煦的阳光一样。她总是对小苏恩十分呵护，喊他来吃面包，把他的那一份切得非常完美。如果苏恩不是人，而是一条小狗，有可能艾尔瑟会在他的脖子上挂一个平底锅，再把挂锅这件事忘得干干净净。没办法，苏恩只能带着这个锅跑来跑去，要是不小心让锅撞上什么东西，准会把他疼得龇牙咧嘴。

每个星期天，都会有很多小伙子为了艾尔瑟而聚集到农场里。有一天，他们又在一起闹个不停，苏恩就藏到了院子后面的小屋里。他刚学会写字，就拿出一块小纸片，用小写字母把艾尔瑟的名字写了上去。然后，他忐忑地把小纸片折成了纸条，然而他又不能把它随手扔掉。有一天晚上，他拿着纸条来到了火炉旁边，把它塞进了火炉上生铁花边的缝里，以免别人发现它。就算艾尔瑟走进这间屋子，也不会知道他在那里藏了东西。

有时候，艾尔瑟也会追着苏恩到处跑，拍打他取乐，这时候，苏恩就会羞涩地到处跑。有一天，苏恩手里正捧着一个装满水的瓶子，艾尔瑟就追过来了。苏恩无处可躲，就被艾尔瑟抓住了。苏恩放下手里的瓶子，默默地钻到了床底下，和床下的小猫狭路相逢。他迅速掐住了小猫，吓得小猫喵喵大叫。

"苏恩，你把小猫怎么了？"艾尔瑟笑着问。

每当小伙子们来到农场，艾尔瑟就会绞尽脑汁捉弄他们。在所有的小伙子中，要数帕尔·安诺森的儿子耶斯帕最有胆量，他觉得自己的髭下巴和嘴巴对姑娘们很有诱惑力。一天，他在大家的哄笑声中，产生了强吻艾尔瑟的念头。当时大家都在厨房里，小伙子们围坐在饭桌旁，艾尔瑟在煮咖啡。对于耶斯帕的举动，艾尔瑟并没有生气，而是哈哈大笑，然后抓住他的胳膊，把他摔倒在石板地上，发出"扑通"一声响。苏恩看到，耶斯帕并不是因为故意献殷勤才被摔的，然后就离开了厨房，藏到了一个地方。

有一天，他们在家里请客，艾尔瑟身穿白围裙，热情地招待客人。她金黄的头发和身上散发的光芒，吸引了在场所有人的目光。老人们看着她，一边摇头，一边陷入了沉思。

苏恩也出席了这次宴会。晚上，他躺在床上，用被子紧紧地包裹住自己，仿佛被子就是树脂，而自己融化在了里面。他躺在黑暗中，听着从大厅传来的音乐声，悠扬的笛声让他觉得自己越发渺小，而且在场的人没有一个想起他。他躺在床上，想象着在那间明亮的屋子里的艾尔瑟会突然想起他，推开门走进来，一边对他露出亲切的笑容，一边用餐刀捅死他。虽然刀子不够锐利，刀子上还有些残汁，但是他不在意。苏恩把自己的死想了一遍又一遍，每次都会增加一些细节。慢慢地，他进入了梦乡。

几天之后，发生了一件怪事。主显节①前夕，苏恩被安排到了较为暖和的大厅睡觉。对此，苏恩有些不情愿，因为他害怕在那里睡觉。他颤抖了半天，才好不容易入睡。

突然，门发出了一阵声响，他被吓醒了，躺在床上不敢动弹。好在情况不算太糟，拿着蜡烛走进来的是艾尔瑟。她光着脚，手里拿着主显节蜡烛，悄悄地走了进来。苏恩躺在床上一动不动，从被子上的一个小洞或者褶子偷窥着外面的事情。

---

①基督教节日，在每年1月6日。

艾尔瑟默默地站在地上，环顾了四周的黑窗子，没有听到任何动静。于是，她悄悄地走到镜子前面，没有看镜子，只把自己的白色衣裙解开，让它落在地上，再看着镜子里的自己。突然，苏恩听到地板那里传来了咯咯声，是艾尔瑟在笑。很快她就吹灭了主显节蜡烛，蹑手蹑脚地离开并轻轻地关上了门。

原本苏恩并不知道，藏在被子里可以看到自己心爱的女孩，他也没想过这代表着什么。他好像看到了一个巨大的白色身影，一片金黄色的云，以及三支蜡烛。可是这件怪事发生之后，原本藏在苏恩脑海里的野狼或者猛兽好像突然苏醒了，还有了些许想法。他隐约觉得，以前似乎发生过什么可怕的事情，不过现在只残存了一丝记忆。也许会有某个走运的人遇到这种鲜血淋漓的残忍，但他苏恩是不会遇上的，不会的。他不可能有幸福，他的年纪这么小，永远没有长大的那一天。

来向艾尔瑟求婚的人那么多，简直要把门槛踏平了。苏恩像受惊的兔子一样，跑到角落里藏了起来。一个农民的儿子带着父亲来向艾尔瑟求婚了，还详细地列举了自己的家产。不过，艾尔瑟拒绝了，这个农民的儿子也默默地接受了，没有表示不满。因为他进城买东西的时候，如果无法买到他想要的，他也不会抱怨店老板，他就是这样。

但是，一个叫劳瑞兹的小伙子来求婚了，他长相帅气，胆子很大，艾尔瑟很是喜欢，她答应了他的求婚。

那天帕尔·安诺森的儿子耶斯帕喝醉了，唱起了一首悠长的、悲伤的小调，结果还没有唱完就睡着了。后来，原本逃脱了兵役的他代替别人去当了兵，看来他是太过悲伤了，思维比较混乱。一个月后，他穿着军装来到了镇上，俨然一副贵族的做派。艾尔瑟跟他开了个玩笑，他马上高兴得不得了。不管是悲伤还是高兴，他都很擅长。

劳瑞兹和艾尔瑟爱得如痴如狂，经常在一起散步。上了年纪的人看到他们，都说他们是近百年来最般配的一对。

到了收获的季节，劳瑞兹就来西佛特家帮忙，不久之后，他就会成为农场的主人。劳瑞兹在前面拿着镰刀割麦子，艾尔瑟就跟在他身后捆扎。此时麦子已经非常干燥了，收割起来非常轻松。劳瑞兹做这些事得心应手，他尽量把麦秆摆整齐，好让艾尔瑟捆扎的时候容易一些。他总是会高举着镰刀，回头看看艾尔瑟。现在，艾尔瑟的胳膊上套着白色的套袖，正忙着捆好麦子，再在上面打几个结，放到一旁。她对着他笑，有时候还会笑出声，艾尔瑟总是爱笑。劳瑞兹继续割麦子，如果看到麦堆里有石块，他就用木鞋的鞋尖把它轻轻踢到一边，要是遇到泥块，他就在往前走的时候把它踩碎。有时候，他也会举起镰刀，用它的尖把蓟草挑到一边。这一切，只有苏恩一个人看在眼里，因为它们实在是太微不足道了。苏恩也会跟着他们下田，在田里到处乱跑。

麦捆要先堆在外面，不能放进谷仓。艾尔瑟就跟着劳瑞兹爬到麦堆上面，等着老西佛特把麦捆推过来，用叉扔给他们。不用干活的时候，他们就坐在麦堆上，含情脉脉地看着对方，闲聊一会儿。劳瑞兹嘴里叼着一根麦秆，拭去额头上的麦芒。现在，他们的身上散发着一种熟燕麦的香味。由于长期接触麦捆，他们的手指头磨得像木头一样光滑，倒像是长了指甲的木头。

"看啊，我的木鞋里装满了麦粒！"艾尔瑟一边笑着，一边把鞋子里的麦粒倒进了麦堆。

劳瑞兹看了看她那双沾满了草屑和泥土的毛袜子。

"你的木鞋没有带子呀？"他奇怪地问。"没有，我平日里几乎都是穿拖鞋。"劳瑞兹想，他下到地面以后，一定要给艾尔瑟编一双好看的麦秆带子，配她的木鞋。

　　麦堆得很高，也十分陡峭，把顶端堆好之后，他们就像站在树尖上一样，左摇右晃的。等西佛特再推一车过来，他们就要在旁边再堆一个垛。

　　劳瑞兹仰躺着，从垛子上滑了下来。他转过身对艾尔瑟张开怀抱，想要接住她。她在上面看着他。

　　"用不用我去搬梯子？"他问。

　　艾尔瑟担心自己的裙子会飞起来，就走到了麦垛的另一侧，从那边往下滑。

　　突然，劳瑞兹听到了她的惨叫，那边出事了。

　　麦垛旁边有一把铁叉，就像船上的短钩一样，此刻它正尖朝上放置着。苏恩拿着它玩了一会儿，就把它放在了那里，他没想到后果会这么严重。

　　艾尔瑟被铁叉刺穿了，几乎立刻毙命。农场里的人都跑出来，把她抬进了屋里。劳瑞兹站在她身边，看到她的头发散了，就捧起了她的头发，如同捧着一个装满东西的盘子。

　　劳瑞兹悄悄地离开了放着尸体的屋子，来到了院子里。走到牲口棚旁边的时候，他迅速蹲下去，像一个小孩一样，龇牙咧嘴地痛哭了起来。他叫着艾尔瑟的名字："艾尔瑟，艾尔瑟！"用他粗糙的手指从麦垛上拽下很多草。

　　苏恩躺在院子里一个他经常藏匿的地方，低着头，就像一头即将钻进地里的野兽。

# 史班农场的托马斯

前不久，有着"希默兰最好斗"的人之称的一个人去世了。托马斯年轻时，就经常和人打架，甚至打出了名气。在一个仲夏节①，他为了汉斯·尼尔森家的约金妮打了一架，这件事在发生很久之后都还是人们的谈资。

一天，镇上的年轻人都聚集到有风磨的那座山坡上，焚烧垃圾。所有的小伙子都有自己心仪的姑娘。在大家的哄笑声中，帕尔·安诺森的儿子耶斯帕点了每一对情侣的名字。经过他的安排，苏恩·克里斯钦的儿子保尔和约金妮是一对，他们两个紧挨着，跟大家一起坐在长着草的矮围墙上。

所有的垃圾都被点燃了。大家用一个吊在杆子上的焦油桶来引火，此刻，桶里桶外都烧起来了。风被吸进桶口，发出白光，里面燃烧着熊熊火焰，滚滚浓烟飘向苍穹。

姑娘们并排坐在土坎上，被火光照亮，她们的衣裙上落下了

①基督教节日，是每年6月24日或夏至后的两三天。

火跳跃的影子。小伙子们站成一堆，大声叫嚷着，拉着自己的心上人，有的跟姑娘坐在一起，把头靠在她们身上。在这个宁谧的夜晚，空气中弥漫着草地上的潮湿气味。小伙子们围着火堆走来走去，影子落在高地上。整个高地宛如一个硕大的轮子，而影子就像是轮辐。

一首歌唱罢，小伙子们看着附近几个镇的火堆，发出了叫声，等着看有没有什么有趣的事情发生。一个小伙子突然抓起一个小孩，如同扔尸体一般，将他扔进了姑娘堆，吓得姑娘们叫个不停。约金妮接住了这个小孩，她拍了拍他，又不顾他的不情愿，抱了他一下。

一个小伙子从山下鬼鬼祟祟地爬上了山，累得上气不接下气。他在帽子里藏了一个东西，想要给约金妮看。姑娘们一看到帽子里那只蜷成一团的小刺猬，就吓得尖叫起来。小伙子们逗了刺猬一会儿，就对它失去了兴趣，把它扔在了地上。刺猬吓得缩成一团，不敢动弹。

火焰熊熊燃烧着，火星不停地向四处飞溅，落到地上之后就熄灭了。

孩子们突然大叫："有人拿着火来了！"没错，远处有一团红光，正在附近几个镇子的火堆之间游移。大家盯着这团红光，发现它正在大道上，距离这里越来越近。通过它的上下晃动，大家可以判断出它是被人举在手里。慢慢地，火小了，成了一个光点，大家才看清，原来是托马斯·史班来了。他的火把是用旧轮轴圈做成的，他在上面涂了沥青，还安了把手。大家都欢迎他的到来。

"快看这把火！"大家叫道。

托马斯看了看保尔和约金妮，挤出了一个笑容。他抬起手，将燃烧着的轮轴圈扔进了焦油桶，再将手上还有燃烧的沥青的把手在草地上用力扑打，直到把火完全熄灭。

"奇妙的火！痛快的火！"孩子们一边唱，一边转过来正面朝着火光。可以看到，他们此刻非常高兴。火光透过姑娘们的面纱，照亮了她们的嘴。

自从托马斯到来，这里的气氛就完全变了，大家都没有那么孩子气了。

托马斯走到约金妮身边，不停地说着好听的话，完全无视保尔的存在。他不停地跟约金妮解释，约金妮只好无奈地笑着。

"你是不是看上了这个白痴？"托马斯一边说，一边狡猾地朝着保尔歪了一下头。保尔没有说话，可是其他的小伙子却绷紧了神经。

实际上，约金妮对这两个追求者都还不错。她有些拿不定主意，所以有时候接近托马斯，有时候接近保尔。这两个追求者的家境都还不错，不过最近她和保尔走得更近，对此，托马斯也有所察觉。他发现，约金妮看起来非常幸福。保尔憋了一肚子气，眼睛一直盯着地下。

一段时间的沉默之后，托马斯哈哈大笑，转过了身子。

桶上捆绑垃圾的绳子都被烧断了，所有燃烧的东西都落到了地上。很快，垃圾就被烧干净了，山头暗了下来，姑娘们都说想要回家。现在往远处看去，其他镇子的火堆也快熄灭了，火焰时高时低，如同一个人困倦不堪，勉力才能睁开眼睛。

年轻人纷纷离开，现在山坡上一片黑暗，只有为数不多的几件东西还有余烬。等到大家都离开了山坡，刺猬才试着舒展开来，将光滑的短刺伸开，露出乌黑明亮的眼睛，然后飞快地爬进了草丛。

护送约金妮回家的小伙子有好几个，距离她最近的是保尔，托马斯和别的几个人不远不近地跟着。托马斯摆出一副目中无人的架势，大声说话，其他的几个人被他这种不屑的态度所感染，变得十分狂躁。

"难道你会眼睁睁地看着他占着她？"耶斯帕以一种朋友的口吻对托马斯说。

"怎么会？"托马斯说。突然，他往前冲了几步，站在了保尔和约金妮中间。

"我送你回去吧！"他难以自抑地说，"让小气鬼自己走。"他伸出手拉住了约金妮的胳膊。

她生气地甩开了他。

"请你放尊重一点儿。"她生气地说。

"我知道你打的什么主意。"保尔低声说。

"我？我要揍你这个猪崽子！"托马斯大声说。

周围的人听到这番话，都大声嚷嚷起来，立刻有人劝说他们不要生气。不过，保尔看起来非常激动，他环顾四周，希望可以有人为自己主持公道。

"算了！"有个人一边说一边拉住了保尔，"算了吧！"

"他不该……"保尔挣脱了他的手。

"我等你！"托马斯叉开双脚，大声说道。

他们走到野地的半坡上，就停下了脚步。此刻已经是黎明，在晨曦的微光中，小伙子们脸上的表情都非常邪恶。附近农场里的公鸡开始打鸣，坡脚田被雾气笼罩着。

约金妮站在距离他们有一段的地方，突然低下头，像一块倒掉的火车信号牌一样动也不动，呜呜地哭了起来。

"小约金妮，回家吧，"耶斯帕安慰她，扶着她朝家的方向走去，"回家吧，你不该在这里。"

约金妮头也不回地走了。

托马斯直到再也看不见约金妮的身影，才走到保尔身边，骂骂咧咧地举起了拳头。保尔并没有回骂，只是激动地看着围观的人。

"我要把你揍成一条扁鱼！"托马斯一边叫嚣着，一边凑近保尔。他踮起脚，靠到保尔身上。虽然保尔在退让，但脸已经绷紧了。

"不能让他欺负你！"耶斯帕火上浇油地说。不过保尔此时还没有下定决心。托马斯在他身边不停地纠缠着，臭骂着，挥舞着拳头。

终于，托马斯出手了，他用手推搡着保尔的脸，并在保尔的眼睛上来了一拳。至此，保尔才下定决心。

"你以为我怕你吗？"保尔凶狠地说。

"好啊！"耶斯帕说着，后退了一两步，还伸开手拦住了围观的人。

一开始，托马斯和保尔按照惯例，用手交锋。他们抓住对方的手，想把对方扳倒在地。两个人都用了很大的力气，虽然动作幅度不大，却已经出汗了。

两个人都使出了最大的力气，脊背绷直，裤腿也绷住了脚腕。

可是保尔不行，他的脚跟一歪，双脚就离开了地面，被托马斯狠狠地摔在地上，摔得眼冒金星。

通常一场战争到了这个阶段，就算结束了。不过，托马斯没有善罢甘休，他狠狠地将保尔按在地上，以一种胜利者的姿态得意地叫嚣：

"嗬嗬！"

这让本来打算认输的保尔遭受了巨大的伤害，于是他打了托马斯的手，第二轮打斗上演了，这一次，变成了流血冲突。

两个人的打斗在默默地进行，一旁围观的耶斯帕高兴极了。

托马斯用脚腕用力地击打保尔身体的每个部位，让他的四肢都无法动弹，打得他丢了半条命。

等到保尔已经明显处于下风，再也无力招架时，托马斯才减轻了力道。保尔抓住机会，狠狠地朝着托马斯的头来了几下。于是，托马斯的善心迅速消失，恶意重新来袭，他继续狠狠地打保尔。最终，保尔被打得躺在地上无法动弹。

托马斯骑在保尔身上，嘴里不停地咒骂着，保尔也仇恨地看着托马斯。

"你打吧！"他咬牙切齿地说，双手摊在身体两侧，"你得手了，尽管打死我好了！"

托马斯又照着他的脸打了几拳。

最终，他们被围观的人分开了。

"住手吧！"耶斯帕说，"就让他躺着吧，托马斯，别打了。"

托马斯勉强站起身来，还想继续打。

现在太阳升起来了，把这一带照得十分亮堂。保尔挣扎着想站起来，根本站不稳，被几个人护送着回家了。

耶斯帕送托马斯回家。托马斯昂首挺胸的，如同一头狮子一样。"我看你们谁还敢靠近她！"他威胁道。现在，只有耶斯帕陪在托马斯身边，他很高兴自己的朋友这么大出风头。

大家对这场打斗议论纷纷，被打的保尔成了人们的笑柄，而托马斯却十分得意。

最后是谁抱得美人归了呢？是保尔，她喜欢他。自从托马斯打了保尔，她就对他恨得咬牙切齿。

因为保尔和约金妮都不是家里年纪最大的孩子，因此他们婚后就住到了河边一个原本闲置的农场里，正对着托马斯·史班的农场。为了买这个农场，他们借了不少钱，但是他们年富力强，赚钱还债是不成问题的。

保尔和约金妮的感情很不错，婚后，他们每年都生一个孩子。转眼间，几年过去了。

这两个相邻的农场的人没有任何来往，每到夏天，他们各自收割庄稼，根本不看对方一眼，关系无法缓和。

托马斯·史班当起了马匹商人，他为人刻薄，心狠手辣，很不讨人喜欢。他继承农场之后，就娶了一个老婆。

距离那个仲夏节已经过去了八年，在此期间，这两个男人从来没有看过对方一眼。一天傍晚，托马斯·史班来到了保尔家，大步进了堂屋。堂屋里全是孩子，约金妮正在摇晃着摇篮里那个最小的孩子。她一看到托马斯，就全身无力，惊恐地看着他。

托马斯看了看她，又看了看孩子们，就问保尔去哪儿了。

保尔走进堂屋，奇怪地看着托马斯。

五分钟后，托马斯离开了堂屋，只剩下保尔和约金妮在发呆。他们你看我我看你，低下了头。托马斯是来讨债的，他买下了他们借钱的所有契约。

这件事在当地引发了不小的轰动，大家都指责托马斯太过阴毒。但是托马斯依然不停地逼债，保尔没办法，为了还债，他开始卖地。

从那年开始，保尔的日子就走上了下坡路。他无力支付日常生活的费用，而托马斯又步步紧逼。他没有办法，只好一边卖地，一边借钱。托马斯听说之后，就不顾借钱给保尔的人有多么不情愿，硬要把借契买到手。随后，托马斯又因为两家在河边的捕鱼权的问题，跟保尔打起了官司。虽然保尔获得了这场为期两年的官司的胜利，但是此时他迫于生计，只能卖掉这场官司中涉及的那块河边的地。买主拿到地之后，转手就卖给了托马斯。

随后，托马斯又因为一桩地界的事情，跟保尔打起了官司。最终的获胜者还是保尔，可是他更穷了。

此时，保尔已经病了。他原本的体质就不太好，他的心酸和顽固都掩盖在这种体质之下。经常会有人上门安慰他，他就会哭泣和诅咒。后来，因为"在他人的田里非法打草"，他和托马斯又打起了官司。

这是一桩非常难以决断的官司，整整持续了一年。一整个夏天，保尔都非常忐忑。到秋收的时候，判决结果才能出来。他知道，一旦自己败诉，就得被迫离开农场。

那一年，天突然大旱，人们至今仍对这件事津津乐道。

从春天开始，就没有降雨。虽然期间有几次风暴，落下了几个雨点，但是那点儿雨根本连地上的灰都没有打湿，只在地上留下了几点印迹。

农民和谷物都在期盼着雨水的到来。谷物这时长出了一点儿，虽然现在还活着，但是前途未卜。夏天到来的时候，大家讨论的话题已经变成了能够抢救出多少。也就是说，大家已经尽力了。然而还是没有雨水落下。

田野里的谷物都没有了生气。大麦只长了指头高，燕麦呈现出银白色的头发的颜色，而且几乎没有麦粒。在海湾边上的板结的地里，几乎没有任何植物了。

人们都盼望着能有一场大雨到来，好让庄稼起死回生。可是，希望就像田里的草一样稀薄。

七月末的一天，终于下雨了。这一天，太阳一大早就升了起来，无情地炙烤着大地，让大家都郁闷不已。受到焦虑的驱使，大家会集到教区长官的家门口，议论纷纷。他们的声音非常低沉，就像有人去世了。他们又面无表情，彼此紧挨着。由于恐慌和悲哀，他们的话尤其多。他们有一次抬头仰望天空，却发现碧空万里无云。

各家各户都十分绝望，几乎每个人都非常悲伤，时不时抬头仰望天空。到底会怎么样呢？眼前的景象让人揪心不已，田野里更是让人悲伤。

临近中午，突然来了一丝凉气，南面快速升起了一片乌云，就像巨人伸开双手，飞快地跑了过来。大家几乎不敢相信自己的眼睛，看到雨水落下，所有人都欢呼雀跃。是的，下雨了！一开始，太阳还没有被挡住，照得从空中落下的雨水闪闪发亮，如同一根根银丝。谷穗上飘起烟尘，地面上也有了水坑。此刻下的是太阳雨，所有的雨水都十分闪亮。

大家都高兴极了，原本十分安静的人也从家里冲出来，对着邻居们兴奋地大叫。他们相逢在雨中，任凭大雨落在自己身上。被大人压抑已久的孩子们高兴得都要疯了。"一切都会好的。"男人们握着手说，还有人默默地落泪了，感谢上帝的眷顾。他们不会隐藏，也不会惊讶于别人的流泪，他们很快就会忘记这些的。

保尔高兴地站在自家的田里，庄稼快要坚持不住了。看到空中高挂的太阳，他非常迷茫；看到天空布满乌云，大雨倾盆而下，他高兴。他冒着大雨走回家，抬起头，让雨水落在自己的脸上，流进眼睛。他伸出手，用手感受雨水，高兴地让大雨把自己淋成落汤鸡。

保尔的地和托马斯的地是挨着的。在回家的路上，保尔看到自己的对头托马斯从大麦地里走出来。大麦低着头，在雨水的滋润下，迅速变成了绿色。

保尔看到托马斯的时候，心情还是十分高兴的。他觉得，自己信心十足，一切都会好起来。当他走近托马斯的时候，他也不知道自己要做什么，可能只是想遇到一个人，跟他分享自己的喜悦。保尔停了下来，目光灼灼地看着托马斯，得意地笑了。

托马斯转过身，迈着和之前一样的步子走向保尔。

"死猪！"他小声地咒骂着，语调十分尖刻，咬牙切齿，眼露凶光，骂完继续往前走。

直到此时保尔才明白，原来自己是想跟托马斯和解！他气得浑身哆嗦，站在雨中看着托马斯远去的背影，然后朝着自己家走去。他在山顶走了一段才大声哭出来，有气无力地走回了家。

秋收时，法官的判决结果出来了，保尔败诉，只能搬离农场。对此，谁都无能为力，他输了。当地的居民没有让他们去教区救济院，而是给他们找了一间小房子藏身，还有一小块地可以种。虽然土地的面积不大，但保尔总不至于无所事事。然而，保尔被命运击垮了，他大部分时间都卧床不起。

最大的孩子已经可以赚钱了，可是等着吃饭的嘴有五张，而且约金妮又怀孕了。看来，汉斯·尼尔森的这个女儿只能拿着碗到处去向农妇乞讨牛奶了。

一开始，她总是尽量避免去托马斯家。但是有一次，她在别人家讨到的不够多，就去了史班农场。后来她的日子越过越差，就经常去托马斯那里乞讨，她知道他不会拒绝自己。对于因此遭受的很多斥责和羞辱，她只能默默承受。

有一天，托马斯在堂屋里当着别人的面拿出了一笔钱，要给约金妮，约金妮高兴地收下了。托马斯是算准了约金妮不会收，才拿出这笔钱的，没想到她收下了。于是他极尽讽刺之能事，说她那么穷还要生那么多孩子，穷人就应该收敛些。可是他转过身又对自己的朋友说，穷人唯一的乐趣就是生孩子。

保尔一家的情况越来越差，终于进了教区的救济院。保尔死后，托马斯并没有放过他的孩子。他一口咬定其中一个孩子是小偷，还想尽办法为难别的孩子。然而他的这种做法没有为他带来任何好处，因为大家都对他痛恨不已。他跟大部分人的关系都不好，总是和别人打官司；他总是毫无顾忌地闯进别人的农场，把对方骂得狗血喷头；他喜欢当着别人的面说一些让人忍无可忍的话。他的妻子和孩子也不是什么好人，跟他差不多。

可是，他的牲口生意给他带来了大量的财富。他手段狡诈，总是尽力压榨别人。他会轻易地把一个农民骗进酒店，事后对方就会发现，这是自己一生中犯下的最大的错误。大家都知道，他对父亲不孝顺，父亲无奈之下只好投奔女婿，最终在那里撒手人寰。

不过托马斯也非常奇怪，在去世之前，他也被别人嘲笑了一番。

托马斯一直都在咳嗽，有一年冬天，他的气色非常差，最终他在妻子的劝说下去看了医生。

"你们这些农民！"艾立克森大夫为他检查之后说，"你们整天和牛为伍，现在得了结核病。您的肺部被感染了，现在回家躺着去吧。"

托马斯径直回家了，吃药之后就没有再提这件事。可是他的咳嗽越来越严重，人也日渐消瘦。他又找到大夫，让对方为自己进行一番彻底的检查。

"我还能活多久？"检查之后，他盯着大夫的脸恶狠狠地问。

"一年吧，要是您注意一些，两年也是可能的。"

"怎么注意？"他问，同时露出了狡猾的笑容。

"意思就是您要保持安静，千万不要受凉。"

"那不都一样吗？"托马斯说着，就拿起小帽回了家。到家之后，他的脸上阴云密布。本来他是十分注重自己生活的条理的，可是看完医生的第二天，他觉得有点儿不舒服，就赶着马车去了酒馆，喝得醉醺醺的。他的脸凹陷进去，苍白如纸，后来喝得人事不知，被大家礼貌地抬回了家。

从那以后，托马斯就像一匹摆脱了束缚的马。大家都说，他终日只知道饮酒作乐，胡吃海喝，跟那些和他在生意上有来往的人设宴庆祝，喝葡萄酒，吃整只烤猪肘子。

托马斯好像完全变了一个人。他的暴躁中添加了一丝幽默，他经常哼着歌谣跟人玩牌。

"他们说我活不了多久了，可是我偏要让他们看看，我能好好地活下去。你们知道吗，我吃的食物是我准备用来埋葬自己的！你们拿梅花国王做什么？不是那么玩的，梅花皇后，用大牌盖住！"

大家都笑了，就像希腊神话中的独眼巨人那样，胡吃海喝，由早已经放弃了自己的托马斯掏钱。

过了一年的放荡生活，托马斯并没有死。他变胖了，面色红润，精力充沛。

"我帮您看看！"艾立克森大夫惊奇地说，"您居然还活着，还很高兴！"大夫为他检查了身体。

托马斯的病居然痊愈了，他现在就像一头牛那样健壮。

"我得承认，您十分激进，"艾立克森大夫说，"我得告诉您，托马斯先生，您是用瘟疫来治疗自己的病的，一年之内，您就会因为中毒而出现谵妄。"

托马斯哈哈大笑，出门驾着马车走了。那之后，他就不再每天喝得烂醉如泥了。他严格控制自己，强迫自己抵制住各种酒宴的诱惑。

不过，事情的发展非常出乎意料。由于托马斯之前饮酒过度受到的伤害太大，一年后，他总是感觉头晕目眩。

一天，他走出了卧室。他的衣着十分随便，圆滚滚的肚子上只有一件背心。根据他的表情就能判断，他现在头脑有些不清醒，他不再像以前那么严厉，而是有种莫名的兴奋。

"天啊，托马斯！"他的妻子看着他大叫，吓得连话都说不清楚了。

托马斯没有说话。不一会儿，他脸上那种恐怖的表情就不见了。他走到过道，往马背上放了一副马鞍。

"捆紧！"他严厉地告诉马夫。

托马斯驾着车进了小镇，又喝得醉醺醺地回来了。

几天后，他又跟他的酒肉朋友们混在了一起。不过现在他懂得了喝酒要适度，并不会喝得酩酊大醉。在回家的路上，他的头脑非常清醒，他沮丧地坐在马车里，不停地捏着自己的大拇指。

他无意中一抬头，看到在一里半之外的那个奥洛斯特鲁普镇，有一个弯着腰的巨人，他正在像卷地毯一样，把田野卷起来。不光是田野，就连地上的房子、农场和树木，也都被卷了起来。他经过的地方，只剩下灰色的一片。巨人卷了一段时间，又走到一两里之外的地方继续卷。阳光照在他那黑色的头发上。

托马斯看了他一会儿，露出了难以置信的笑容。

"算了吧！"他笑着小声说。可就在这时，巨人消失了。

托马斯坐了一会儿，脸色突然亮了。他抿紧双唇，用力挥舞着鞭子打在马身上，飞快地朝着家的方向赶去。他感觉有些忐忑，手在不停地颤抖。

在从山坡上往农场赶的时候，他感觉有一股强烈的气流冲到了自己脸上。然后，他就看到从不远处飘来了一个像黑纱一样的东西。

这个东西冲到他面前，击中了他的鼻子，就像铁棒用力击中了石头，他的头就像一颗鸡蛋一样破掉了。

托马斯往后一倒，躺在了车上，马儿自己飞快地跑回了农场，奔到了水槽边。帮工的小伙子过来一看，托马斯在后座上躺着。

托马斯真的出现了谵妄。大家都嘲笑他，说这是他命中的一劫，怨不得别人。

托马斯很快就清醒了，可是每次只要一发病，他就会十分抵触，需要有五六个人才能把他控制住。

他清醒的时候，会非常安静，也能和别人交流。他强忍着不去喝酒，连食欲都大大下降，变得十分消瘦。可是他一旦发病，就会非常疯狂，就会像一头疯牛一样撞坏车子，从钉着木条的储存泥炭的房间跑出去，钻进接骨木丛里。大家没办法，只好把树木砍倒，把他拖出来。

托马斯浪费了很多钱，在他能活动的最后一天，他一下子花掉了一千二百克朗，那场表演实在是丢人现眼。当时他带着一匹公马去了萨灵，在带着这笔钱上了渡船之后，他的病突然发作了。

"我来划！"在早上十点的时候，他突然斜着眼睛跨过船板，提出了这个要求。

"不行。"两个渡船工里一个叫劳斯特的说，"别人是不可以划的。"

托马斯跨过最后一块横板，掐住了劳斯特的脖子。本来劳斯特是坐在船上的，还被桨压着，因此根本站不起来。他只好往后一倒，想要挣脱托马斯。

"克里斯腾，你划！"劳斯特对前面的同伴说。然后，他就越过横板，将托马斯拦腰抱住。托马斯用力挣扎，把劳斯特打倒在船底，溅起了很多水花。然而劳斯特也不是善茬儿，他迅速爬起来，跟托马斯厮打在一起。

托马斯扯住劳斯特的背部，将他身上套着的冰岛皮背心扯了下来，还想把他推进海湾里。克里斯腾见状，急忙放下手里的桨过来帮忙。

渡船瞬间就被湍急的水流冲走了。

两个强壮的船工和托马斯厮打在一起，托马斯也不甘示弱，不停地吼叫着。半个小时之后，两个船工都累坏了。

这时候渡船漂到了渔村，有人发现了他们，就赶来帮忙。四个人像制服一头猪一样，将托马斯钳制住了。他口吐白沫，气喘吁吁。

他平静了下来，蹒跚着爬上岸。走到渡口小酒店的时候，他对卖酒的说要喝酒，可是对方不愿意为他倒，他就站起来发脾气，把桌子掀翻了。突然，他的肚子遭受了猛烈的一击，他就昏了过去。

人们见状，急忙往他的太阳穴上浇醋后他才苏醒过来。他刚一站起来，就像疯了一样，把屋子里弄得乱七八糟。等到大家好不容易把他制服，屋子里已经没有一件东西是完整的了。后来，一个驾车带着猪到渡口酒店的人说，他目睹了那架波尔荷尔姆钟飞出窗口的过程，这种场面让他终生难忘。直到下午两点，人们才冒着巨大的危险制服了托马斯。然后大家把他牢牢捆住，驾车送他回家。

托马斯被抬进屋的时候，用被捆住的双脚用力踢了门阑一下，顿时飞起一片白灰。

傍晚时分，他才算安静下来。之后的两天，他一直迷迷糊糊的，耗尽了最后的一点儿活力。在临死之前，他快乐无比，好像变成了另外一个人。他不停地絮叨着，一个人都不认识了，但他非常快乐。他接过人们递给他的《圣经》，把它扯得稀巴烂，再把碎片藏进被套，可能他以为那些是自己赢回来的纸牌吧。他抓住床垫子的一角，像面对一个酒瓶子那样，把头伸过去，还不停地叫着"干杯"。女人们围坐在他的床边，为他感到悲哀。他自己大汗淋漓，仿佛正置身于一个豪华的酒宴，高兴极了。大家看到他这么高兴，还以为他要康复了，没想到他躺下去休息的时候没了气息。

如今，他被埋进了葛洛布里教堂的坟园，那里十分荒凉，所有的坟墓看起来都差不多。

# 默不作声的毛恩斯

把黄铜镜框的眼镜架在头巾外面的嘉思汀正和其他女人聚在一起忙着做灌肠，因为圣诞节就要到了，她们要提前准备好食物。尽管双手一点儿都闲不下来，可是大家的脸上却都带着笑容。嘉思汀不禁追忆起年轻时的美好时光，不由得感慨道："时代不一样了，农民谈恋爱也要效仿上流社会，要注重浪漫了。"

"现在的夫妻可把从前的那些规矩都抛到一边了，彼此还能坦诚交流。出门在外非要露出自己的金戒指，大庭广众之下也敢卿卿我我，做出的一些亲昵动作让旁人都不敢看。还时常手拉手一起出门溜达，感受大自然的美好，心情不知道有多么愉悦。现在的人接受的教育也多，包括牧师和从前都有很大的区别呢。想当年我们啊，大家一致认为农民都是罪恶之身，否则，为什么还要请求原谅呢？而且，现在的人有一点非常好，那就是更具有恻隐之心了，希望能一直保持下去。现在社会人与人之间的交往更密切了，对于我们这些普通农民来说，这可是件大好事，在我年轻的时候根本想都不敢想，那时的我们一无所知，在接触官员们时也会不知如何是好，能把自己保护好就谢天谢地了。本能是最玄乎的东西，根本不可能把它当作活下去的依靠，当时最让人烦恼的就是这个了。可是今时不同往日了，现在的人连孩子都不想生，觉得太麻烦了，结婚的时候，他们想的问题也更多了，比如，双方是真心相爱的吗？两个人是否相配？他们觉得任何事情都可以变成问题。在这一点上，他们可比不上我，这些事情从来都没有在我的脑海里出现过……"

嘉思汀婆婆正说着，音量陡然上升了八度。"可是……"她把香肠塞进袋子里，还记得在上面扎几个孔，以便把里面的空气挤压出来。嘉思汀婆婆俨然一副饱经沧桑的语气，"像我们这样的普通百姓，不会非议任何事，更不会提出抗议，没有人能给一件事定性，连书上也写不清楚，所以啊，就任由它自己发展吧，不要干涉太多。我们只要做好自己分内的事就好了。说到这里，我脑海里倒是浮现出玛吉妮的身影来，她是尤斯特的女儿，他们一家住在史丹贝索克。唉，玛吉妮已经去世几年了，她的事情你们这些年轻人肯定不知道，更不用说知道她长什么样儿了。

"我想跟你们说说玛吉妮的事……从哪开始好呢，先把结局告诉你们似乎不太好，那就从头开始吧，要不然我的故事就没有意义了。假如你们以后有和玛吉妮相同的遭遇，希望你们能有更好的对策。

"提到这个玛吉妮啊，她可真是个倔强的人！在整个史丹贝索克，论个性倔强，她要是认第二，就没有人敢称第一，可是她也长得很美，思想也特别独特，她老是挂在嘴边的话就是，她以后的结婚对象一定是彼此爱慕的人，其他人根本不考虑。小伙子们都把这个村里最美丽的女孩子当作自己的梦中情人，个个都想让她当自己的新娘，可是玛吉妮一概拒绝了。她压根还没有想过结婚的事情，她觉得为时尚早。但是她实际上已经不小了，也到结婚的年龄了。

"那时我在思特纳思列的一户人家家里帮佣，钱并不是我最看重的东西，我是想开阔一下自己的视野，看看上流社会究竟有多么不可一世。那时才十六岁的我，拥有强烈的好奇心，不管别人说什么，我都要凑上去仔细聆听，即便那件事情离我很远，我也会把它弄清楚，然后铭记在心。我想让自己脑子里多装些事情，这样老了就可以给别人讲故事。

"我非常了解玛吉妮，她身上不管发生什么事，我都是知情人之一。尽管那件事情非常私密，可是当时大家也都了然于心，却没有人用恶毒的语言攻击她，她本人也没有觉得多么羞愧。现在那些人都已经去世了。仲夏节的晚上，玛吉妮被强暴了。"

嘉思汀忽然不说了，环视了一圈女孩子们，然后点点头。无一例外，女孩子们都感到很震惊，而且露出了疑惑的神色，一个个都盯着嘉思汀婆婆，希望她继续讲下去。可是嘉思汀却忽然停了下来，看到她们那急于想知道的表情，她觉得很惬意。

嘉思汀享受完了女孩子们的表情，终于接着开始讲了："没错，她是遭受了强暴！也的确是在仲夏节那晚发生的。这事都过去五十年了，那时还在打仗呢。那天晚上，我也和大家一起到史丹贝索克去了，在那里，大家把一个也在农户工作的年轻人介绍给我认识，那可是我第一次接触异性，当然也是最后一次。直到认识几天以后，我们才开始约会，而且进展很慢，从很大程度上来说，是因为我们两个人的个性都太内敛了。那时的年轻人可和今日的不能比，双方都很害羞。可是凡事都是有例外的，我听说就有个非常受欢迎的年轻人，女孩子都争先恐后地要亲他，他吓坏了，连声求饶，最后还是牺牲了一瓶烈酒才得以突围。

　　"大家给我介绍的那个男孩子胆子也很小，尽管我们已经相处了一段时间，也约过几次会了，可是彼此再见面时，依然会羞得满脸通红。这一点和接下来要出场的这个男人可相差太远了。这个男人叫毛恩斯，一个胆小鬼可做不来他做的那些事，当然因此把他叫作阴险小人也不太恰当。他出身于一个农民家庭，年轻的时候很腼腆，几乎都不怎么说话，只知道埋头干活。可是幸运的是，他和他做工的那户人家之间的关系很融洽，因此他也并不是因为有什么堵心的事而不愿意说话，而是在他看来，他不需要开口说什么。总而言之，你们只要知道他不喜欢说话就够了。

　　"毛恩斯太安静了，他应该是我这辈子遇到的最不爱说话的人了，甚至有人觉得他是哑巴，可是这也不对，因为他曾经说过'是'和'不是'这种简单的词语。

　　"只是，我也只听他说过这两个词语，可能就是因为说话太少，以至于他说话不太顺畅，表达也有困难，有时候甚至都表达不清楚自己的意思。每当这时，毛恩斯都觉得很受伤，看来他这辈子和'雄辩'这个词无缘了！

　　"毛恩斯和玛吉妮都出现在了营火晚会上，可是那天晚上，他们并没有怎么打交道。他们之间所发生的故事也不是从那里开始的，可是毫无疑问，毛恩斯就是在那天的晚会上爱上玛吉妮的。虽然他们只见了这一面，可是毛恩斯已经深陷情网不可自拔。和其他喜欢玛吉妮的年轻人的甜言蜜语不同，毛恩斯几乎都不怎么说话，其实他很想和玛吉妮多说一些话，好升华二人之间的关系，可是悲催的是，他就是说不出来。毛恩斯很是郁闷，明眼人一眼就可以看出，他在情感上遇到了问题。可是光看是远远不够的，想让姑娘也爱上自己还必须表示出一点儿什么才行，像用最真切的声音问她：'你是否愿意嫁给我？'或者还可以俗套地赞美她几句——'你真美！''你真是貌若天仙！'这一类的，想说的太多了，可是毛恩斯却一个字都没有说出口。

"晚会结束了，玛吉妮也打算回家了，一路上全都是荒野，她却和毛恩斯不期而遇。一开始玛吉妮并不是一个人，是有同行的伙伴的，可是他们的家都要近一些，所以都走向了不同的方向，最后就只有玛吉妮一个人了。毛恩斯其实早就打算好了，他知道玛吉妮最后一定会没有同伴的，所以他一早就在石楠树后面躲起来了，准备送他美丽的姑娘回家。可是这一切玛吉妮是不知情的，她正一个人走在路上，突然一个人影从石楠树后面跳出来，直接站在她面前，吓得她大叫。她有几个同伴刚和她分开，这声尖叫也传到了他们的耳朵里，可是他们却都觉得这是野兽一类东西的叫声，都没有在意，而是各自继续往家的方向走。过了好久，玛吉妮才反应过来，一路狂奔。

"之后，玛吉妮就开始狂奔，毛恩斯就在后面追，所以中间有一段时间是很安静的。玛吉妮不论是精力还是体力都相当好，她跑了很久，可依然跑得很快，这还真是少有。她不停下来，毛恩斯当然也不能停下来，只能拼命地追，就这样不知道多长时间过去了，他终于赶上了玛吉妮。前面我们说过，毛恩斯不怎么会说话，这会儿更加只剩下喘气了，一个字都说不出来。他很伤心玛吉妮见到他就像见到鬼一样。这时玛吉妮的反应可不对啊，你们可都要记住，身处于那种情况下，千万不能像她那样反应，你们可千万别学她。玛吉妮边大呼救命，边求毛恩斯放过她。

"这个时候，史丹贝索克的大部分人都进入了梦乡，尽管迷迷糊糊听到了一些响动，可大家都以为是野兽打架才会有的声音，没有人想那么多，再加上玛吉妮的叫声太凄惨了，就像小兽一样，人们就愈加相信自己肯定是猜错了，大家没想到的是，一个女孩正在遭受磨难。玛吉妮拼命反抗着，和毛恩斯打得不可开交，连地上的草都变得凌乱不堪，像是有牛刚吃过一样，后来人们再回到那里时还发现了人的头发。声音愈发小了，估计半个小时以后，天就要亮了，女孩子又发出了凄惨的叫声，他们纠缠在一起，毛恩斯太想把自己对女孩的爱慕说出来了，可是就是一个字都说不出来。玛吉妮激烈反抗着，可是作用不大。"

"要是换作是我，他就没有活路了。"嘉思汀说到这儿时变得很激动，连神情都变了，一副神圣的样子。"如果是我，不会这么轻易就放过他的，我要把他的喉咙咬破，把他的皮剥掉"……嘉思汀突然又掉转了话锋，"可是，我还会亲他一口。"说完，她自己都忍不住笑了，像是讨好自己一样，根本不管其他人做何感想。

"那天晚上就发生了这样一些事情，可是事情到这里还没有画上句号。次日，玛吉妮家里就遭遇了一场很离奇的火灾，发生的时间是中午，具体是怎么发生的，没有人清楚。当时村子里的人正在午休，因此大火烧了有一会儿才被人们发现。一眼看过去，到处都是火红火红的，特别吓人。那时我和一个叫思特纳里斯的女孩子正在草垛上午睡，突然村子里的狗开始狂吠，把我们吵醒了，之后我们就看到山冈那边浓烟滚滚，我一下子惊呆了，赶紧爬起来到村子里去叫人。村子里的年轻人听说以后，都马不停蹄地赶到火灾现场，周边的土地被烧得滚烫，连空气都是热的。

"那天风和日丽，因此火焰没有遇到任何阻碍，直直地朝空中蹿去，比教堂的顶部还要高。看过那个场面的人，一辈子都不会忘记。火舌急剧地蹿向高空，就像腾空而起的红鸟儿一样，我们被吓傻了，就这样呆呆地看着，都不知道该怎么办才好。当时火已经烧了有一段时间了，耳边不断传来剧烈的爆裂声，整个房子似乎随时都会倾倒，那场面不知道有多么危险。我们尽可能朝房子的方向挪了一点儿，可是离房子越近，温度就越高，一阵阵热风从你的脸上吹过，眼前被蒙上了一层雾，几乎都看不清东西了。

"我们好不容易才走到那户人家的大门，很明显，危险也蔓延到了马厩里的马身上，它们个个变得焦躁，不停地踢打着马厩的门，同时发出害怕的嘶鸣，场面一度非常混乱。火越烧越旺，里屋的门口处都有了火苗，年轻人不敢再耽搁，赶紧找来水桶，准备过去救火。这时这户人家的男主人尤斯特刚好从里面跑出来，看上去狼狈极了，一副茫然无措的样子。看到他这样，大家的行动更加迅速了。其中有个特别勇敢的小伙子，奋不顾身地跳到马厩里，把马的缰绳割断了，才把这些可怜的马儿放了出来，这个英勇无比的小伙子就是我以后的丈夫。

"当时的形势真的是太紧急了，稍有不慎，可能就会造成极其严重的后果。马如果出现问题，冲出来发飙伤到人就是个大问题。当时帮忙的人秩序井然地牵出马厩里面的马，马儿们好像也知道现在形势比较危急，所以都非常配合，乖乖地跟着引导人员出来了，可是最后出来的一匹马还是被烧得惨不忍睹。那些马出去以后就开始狂奔，还不停地嘶鸣着，似乎在庆贺自己重获新生一样。

"相比马，牛的状况就好多了，一早就跑了出来，可是猪最后的下场就惨多了，在屋子里四处乱窜，差不多都被烧死了，那惨状啊，真是让人不忍看。它们不停地发出凄惨的叫声，还有挠墙壁的声音。后来有个人突发奇想，在猪圈的墙壁上挖了个大洞，这才给猪找了条活路，可是为时已晚，只剩下一只猪还活着，它跟跟跄跄地跑了出来，全身上下没一处是好的，真的太可怜了，最后它也一命呜呼了。

"这时史丹贝索克村的人也都赶了过来，手里操着各种家伙，看上去很有气势，可是火势不是一般的大，想要一举灭掉几乎不可能，人们只能想别的办法，尽可能把房子里的东西搬出来，让主人家少遭受一点儿损失。他们把玻璃撞碎，想用钩子钩出一些比较贵重的东西，可是为时已晚，里面的东西都已经被烧得不成样子了，可以燃烧的东西几乎都被烧光了，家具上全是火苗，玻璃制品被烧得都快要裂开了，什么书本啊、衣服啊，早就变成了灰烬。

"忽然，尤斯特妻子凄惨的叫喊声从房子里传了出来，人们听到这声惨叫以后又开始变得慌乱，到处奔跑着，最后还是尤斯特冲到房子里面，把妻子救了出来，之后她就一直昏迷不醒，直到过了好久她才醒过来，她刚恢复意识，就四处张望，把身边女人的衣角紧紧攥在手里，迫切询问道，'玛吉妮呢，她在哪里'，一直不停地念叨着玛吉妮。有人推测玛吉妮是不是在草垛上午睡，可是尤斯特夫人马上说：'不可能，玛吉妮不可能在外面午睡。'说完，尤斯特夫人就挣脱身边的人，疯了一样想去寻找自己的女儿。她的力气真大，那么多人都拽不住她，她一头扎进大火烧得正旺的房子里，还用尽力气呼喊着：'玛吉妮！玛吉妮！'大家看着不由得一阵心酸，唉，那场面也太让人难过了，受到这种情绪的感染，大家也都开始呼叫玛吉妮。

"大家尽可能躲开火焰，在房子周围寻找玛吉妮，有的还踮起脚看向房子里面，看看玛吉妮有没有在里面。可是火势太大了，根本看不清人影，整栋房子在火的笼罩下，已经看不出形状了，看上去，天花板都要塌了。这时，大家都有点儿心灰意冷了，假如玛吉妮在房子里的话，很可能是活不成了。一群人找了这么长时间，让人讶异的是，根本没有看到玛吉妮的影子，即便是被烧死了，也应该还有尸身在啊。可是尤斯特夫人声称玛吉妮就是在沙发上睡午觉，就在大家都疑惑不已时，尤斯特夫人像忽然想到了什么，尖叫道：'地下室！玛吉妮一定在那里！'

"可能这就是母亲的直觉吧，在这么危急的时刻，可以感应到女儿在哪儿。这里的地下室就和我们平常所看到的一样，位于保存粮食的屋子下面，入口就是一扇特别窄的门，可是在里面也不用担心会憋死，一开始在建设时，在侧面专门留了气窗，这也给了玛吉妮一线生机。大家都站在地下室外面，朝里面张望，还有胆子特别大的披上淋湿的被单，然后趴在门缝上找。尤斯特夫人的感应愈发强烈，她好像都听到了玛吉妮的呼吸声。这也太神奇了，似乎为了和尤斯特夫人的想法相呼应，大家看到玛吉妮就在啤酒桶上坐着。'天哪，太棒了，她还没有死！'大家齐声高呼。听到声音的玛吉妮也朝这边看了一眼，这下大家都相信，玛吉妮还没有死了。

"人群开始沸腾了，可是下一秒又都变得不安，因为如何才能把玛吉妮救出来呢，眼前好像没有什么好办法，那唯一的小门设在屋子里，现在是没办法进去了，而墙壁上的气窗又太小了，人根本爬不进去，而且墙壁又是用坚硬的花岗石砌的，等把墙凿个洞出来，就已经太晚了，塌下来的屋子肯定会压死玛吉妮。而且越往后拖，如果天花板掉下来，把里面存放的粮食引燃了，想要救出玛吉妮就越不可能了。大家左思右想，可始终找不到一个好办法，眼看时间一分一秒地流逝，忽然只听'嘭'的一声，大家先前所担心的天花板的坠落变成了现实，火焰坠落在地，又一下蹿得高高的，人们被吓得直往后退。看着愈发猛烈的大火，大家都纷纷叹息，觉得这个女孩注定要葬身火海了。可是，古话说得好，'天无绝人之路'。事情忽然出现了转机，储藏室里因为存放有多达两吨的燕麦，所以大火要想烧光它们，还需要一段时间，人们可以趁这段时间想办法营救玛吉妮。几个年轻人更聪明，直接把水桶提起来泼到粮食上，想让火势变小一点儿，这一招果然奏效了，火势看起来小多了。担心屋顶也像天花板一样坠落，大家又把货车拉到地下室里，把屋顶撑起来。如此一来，即使屋顶真的塌下来，也不会对他们造成伤害。把各种防护措施做好以后，大家抄起家伙，开始猛力砸墙……"

嘉思汀说到这儿，喘了口气，平复了一下自己的心情。

"那天发生的事情，直到现在我都记忆犹新。那些小伙子猛力砸墙，没有一个叫累，我们一直在旁边给他们加油鼓劲儿，希望速度能再快一点儿，同时，我们也担心地下室里的玛吉妮会熬不住，急得像热锅上的蚂蚁，别提有多难受了。那些小伙子砸了一会儿以后，慢慢有点儿撑不住了，离火焰太近了，烤得他们都快要晕倒了，他们只能狼狈不堪地退回来。看到他们那副样子，我们也想不出别的更好的办法，只好向老天祷告，希望有一个英勇无比的年轻人冲进去营救玛吉妮。可是这根本无济于事，谁会冒着生命危险去救一个和自己毫无关系的人呢？最后还是大家轮番上阵，感觉过了很长时间，才凿了一个洞出来，刚好可以容纳一个人进出。我们都高兴地鼓起掌，呼唤着玛吉妮的名字。可是，出乎我们意料的是，在我们千辛万苦给她寻找到了一线生机时，玛吉妮竟然不想出来。她态度非常坚决，我们一时不知道如何是好。最后，几个年轻人查看了一番地形，认为必须要有人进去把她强行拉出来——她没有受伤，能走能跑，只是不愿意出来而已。

"大家的心里都非常恐惧却又充满疑惑，为何玛吉妮完全没有了求生的欲望，这样的感觉让他们很灰心。到底是因为什么，明明有机会可以活，她却要放弃这样的好机会呢？大家谁都想不明白，更加不能理解她的心思，但是我心里清楚，她是一个性情刚烈的人，她不想背负着这样的羞辱在这个世上活下去，要是借着这场大火死去，把这份羞辱掩盖住，那也不失为一种好办法。之后大家都纷纷猜测，是不是纵火案的元凶其实就是玛吉妮，她的目的就是自杀。不过他们都大错特错了，我以我的人格保证，玛吉妮绝不会是凶手，毛恩斯倒是有可能，不，凶手一定就是毛恩斯！直到天亮之前，玛吉妮才被毛恩斯放走，在他走后，毛恩斯渐渐开始害怕起来，慢慢思考各种可能会产生的后果：如果玛吉妮把他告发了怎么办？要是大家都知道了真相，他一定会坐牢的，他的人生就完了。当一个人陷入极度的恐惧状态时，他的行为一定会有所偏差，异于常人，因此这时的毛恩斯孤身一人在野外，必然会胡思乱想，他的思维肯定不会正常，若想他这时候忏悔、醒悟是万万不可能的，任谁也做不到。中午人们都在午睡，毛恩斯趁机偷偷溜进玛吉妮的家中，希望能求得她的谅解，让她不要把事情张扬出去。不过等他来到玛吉妮家门外，发现这家人都睡得很沉时，脑海中竟产生了邪念：要是这家人都死掉了，那他干的丑事就不会有人知道了，他也不必担心会被抓去坐牢了。这时的他已经被邪念控制了思维、蒙蔽了双眼，和叫醒玛吉妮跟她求情相比，这真的是最好的办法了。此刻毛恩斯只想到了他能得到的好处，越陷越深。这时毛恩斯已经丧失了理智，他的心中有个声音在呼喊：'快抓几把稻草，然后点燃火柴，一切就都结束了！'最终欲望战胜了理智，火终于还是被他点燃了，一场火灾就此爆发，毛恩斯偷偷溜走了，他的身后火光冲天。玛吉妮实在是太可怜了，她一个人在地下室里正难过，她被人玷污了不算，现在还发生了火灾，她想，这是上天对她这个肮脏之人的惩罚，死对她来说是最好的解脱，死了她所遭受的侮辱就不会有人知道了，与其被人指指点点，倒不如死了一了百了，如此一想她就不觉得害怕了，可以死在自家的地下室也不失为一种福分呢！她很快就被熊熊大火吞噬了。

"大家在外面拼命地呼喊玛吉妮，用尽一切办法劝说她出来，可是她就是不出来，一心求死，大家难以置信，任他们怎么努力都是白费心机，顿时感到特别伤心难过。还有几个小伙子不甘心，不顾危险将头伸进气窗，想再劝劝她，甚至对玛吉妮说她在他们眼中是最漂亮最优秀的女孩子，只要她愿意，他们都希望能够娶她为妻。他们眼中闪着泪光，态度十分诚恳，大家都被感动了。不过玛吉妮仍然无动于衷，没有丝毫求生的意思。玛吉妮的妈妈——可怜的尤斯特夫人几度晕厥，尽管她哭得上气不接下气，但是为了女儿能够出来，还是拼命撑着跟玛吉妮说话，希望她能念着骨肉亲情活下来，这时的尤斯特夫人显得特别无助、特别苍老，众人都看着心酸无比，同时也恨玛吉妮的无情和不孝，可是他们不知道的是，玛吉妮也是哑巴吃黄连——有苦说不出啊！有人想到了一个办法，那就是派人强行将玛吉妮带出来，不过这样的话救她的人也会有生命危险，有谁会愿意呢？再说玛吉妮丧失了生存的意志，就是救出来不也是白忙乎吗？尤斯特夫人眼看已经无力回天，便苦苦哀求大家帮忙去找个牧师来，这位可怜的妈妈，是想在女儿死的时候起码还能有个牧师替她超度，那也算是一种安慰。大家都非常热心，赶紧分头帮忙去找牧师了。

"但是事情的发展实在让人出乎意料，在牧师还没来之前，有一个人着急忙慌地跑了过来，他就是毛恩斯。他在纵火后回到家中，慢慢清醒了一些，越想越不安，远远看到玛吉妮家火光越来越大，火势越来越猛，已经烧红了半边天。他心里非常恐惧，也非常担心和愧疚，他害怕玛吉妮会死在火中，越想越害怕，最后木靴子都没穿就冲出了家门，他要去找玛吉妮。在他冲到火灾现场的时候，人们看到的是这样一幅画面：他光着脚，脸上头上满是灰尘，头发乱糟糟的，大口大口喘着气，眼中满是惊慌和恐惧。我必须说毛恩斯来得很是及时。

"他来以后问了一下情况，就直接跑向气窗口，对着里面大声呼喊玛吉妮的名字，奇迹就这样出现了，只一声，玛吉妮就从火海里走了出来，众人都万分惊讶。此刻我们猜想一下玛吉妮的思想活动，她想她的清誉是被毛恩斯毁掉的，只有他才能让她活下去。事实上玛吉妮并不想死，她死了，她那可怜的妈妈一定也活不下去，她在这个世上的路还长着呢！所以当听到毛恩斯呼喊，她就坚定地走了出来。这就是人们常说的'解铃还须系铃人'，孩子们，你们一定要记住这个成语的意思。"

说完这些，嘉思汀脸上的神情变得温和了一些，皱着的眉头也放松了，心情也好了很多，全身上下都有了活力。

"在玛吉妮的内心深处，对于毛恩斯的侮辱，她无法承受，尽管这样，我想她并没有真的怪罪过他，总之一切都结束之后，他们的生活归于平静。但是我们的故事还有下文，那就是毛恩斯。

"玛吉妮居然被毛恩斯救了出来，大家都不肯相信，这一定不是真的。当玛吉妮被毛恩斯抱着走出来的时候，大家才接受现实，相信她真的被毛恩斯救出来了。毛恩斯气喘吁吁地看着大家，眼里满是担忧和恐惧，他的样子太难看了，但是大家都很钦佩他的勇气，对玛吉妮有非分之想的人也甘拜下风。

"之后毛恩斯和玛吉妮的关系突飞猛进，最后走进了婚姻的殿堂，并且一起幸福地生活了四十多年。在我们生活的那个时代，平凡的农家人是没有浪漫和爱情可言的，那些是上流社会的专属，对于玛吉妮和毛恩斯的小家更是如此，但是他们对待客人十分热情。之后他们有了好几个孩子，而且个个都聪明可爱。不过，这都是很久很久以前的事了。

"玛吉妮和毛恩斯举行婚礼的时候，也非常有意思，村子里的人都来参加了。举行结婚典礼的时候，毛恩斯非常紧张，大家很担心毛恩斯在关键时候掉链子，连'我愿意'三个字都讲不出来，没想到他说得很好，很响亮、很诚恳，不过说完这三个字后，就再也没说什么了。

"这就是毛恩斯的本质，他忠厚善良，不善表达自己，时间过得太快了，一转眼他已经离开我们很久了。现在还活在这个世上的也就只有我这个老婆子了，让你们听我讲他们的故事，听我在这儿唠叨，好像我说的那些事就发生在昨天，我依然记忆犹新……"

嘉思汀不再说话，又继续沉浸在往事中无法自拔。

# 伍姆韦尔

　　现在正值仲夏时节，一天，基尔毕城的旅店门前停了一辆最为奇特的车子。那是一辆双轮轻便马车，全身都是红色的，两个轮子特别大，轮辐很细，从轴到瓦圈就长达三尺。一匹马在两条车柄中间走着，这马的腿脚都很长，很显然，它是外国种。它的鬃毛很短，可以清晰地看到身躯两侧的脉管。高高的驾车台上，有两个人在上面坐着，一位是身披厚厚的大氅的老者，看上去很是尊贵；还有一位是身姿曼妙的年轻女士，脸上戴着一块薄纱，有着极其妖娆的眼神。

　　两位完完全全是来自外国的陌生人，不仅不是道路督察或大商人出门游历，也不是大地主到很远的地方去。此外，他们还不会说丹麦话。看到这种情景，旅店老板娘毕昂夫人想到杂货店老板家的女教师通过了初级考试，于是派人给她送信儿，问她能否来帮忙翻译一下两个外国人所说的话。等她赶到时，两个外国人已经在厅里坐着了，一张地图摊开放在他们面前的桌子上，女教师和他们交谈甚少。他们想点些东西吃，于是，女教师把他们的要求翻译给了毕昂夫人听，在这以后，他俩就没再和她交流了。他们来自英国，一直盯着地图看，女教师听到二人不停地重复葛洛布里这个地名，当然是用非常奇怪的外国口音。老年男子自从坐在那里以后就没有挪动地方，光溜溜的手拿着一听甲鱼罐头，看上去他的年纪确实不小了，可是却非常有活力。他和年轻女士相谈甚欢，可是他的表情一直都很严肃，年轻女士则与之截然不同，她一直在笑，看上去很是活跃，也很讨人喜欢。服侍他们吃饭的姑娘说，他们给人的感觉就是一对新婚后蜜月旅行的夫妻，所以，她最合适的服务方式就是温柔地服侍他们吃饭，并对他们露出温柔的笑容。他们点了烤鳗鱼，听说他们很喜欢这道菜，毕昂夫人心里的一块石头总算落了地。他们自己带了刀叉，是非常沉重的银器，用一个皮匣子装着。看得出来，他们是有一定身份和地位的大人物。马车上的装备也是极其精致的，他们在旅店里休息了一个小时以后就出发了，方向是葛洛布里。

他们的出行引来了不少人围观，人们纷纷看着那辆特别怪异的大马车。当它在大道上晃晃悠悠地前行时，人们也跟着跑了起来，直到车走远了，人们才停下来，这时他们就像老熟人一样。

第二天就听说，这里五天以后将来一个特别大的动物展示团，准备在葛洛布里把他们的动物展示出来。动物展示团来自英国，名叫伍姆韦尔，是世界上首屈一指的巡回动物展示团之一。他们从北方到这里来，最近一次表演的地点是奥尔堡，那表演让各个地方都为之惊叹。现在他们要到维堡去，可是他们想中途找个地方停留一下，于是就选择了希默兰的葛洛布里，之所以选择这里，只是因为这里位于正中央。运载动物展示团的车队非常长，排成一排时可以装进整个镇子里的人。团里有一群成年大象、很多头狮子，以及其他各种各样的动物。在那辆高得令人眩晕的双轮马车上坐着的男人并不是伍姆韦尔本人，而是他的一位秘书。他负责打前锋，先到动物展示团要抵达的地方进行部署。

两天前，秘书从基尔毕经过以后，就来了三大辆工作车，上面装的全都是材料，还有木头和很多外地人。为首的是一位骑马的工程师，他是一个极其狂躁的英国人，尽管他只在毕昂夫人的旅店里待了半个小时，但可把毕昂夫人吓得不轻。很快，人们就知道了这群人此行的目的——对道路和桥梁进行修建，给大部队的通过提供条件。我们这里的大道有好些地方的确承受不起如此庞大的车队通过，更何况还有那么多笨重的东西。大家都知道，我们的桥根本承受不了大象的重量。工程师已经获得勒格斯特地方长官的批准，在这里进行修缮。有人专门去核实过，他果然把前边的莫霍尔姆河上的桥给修葺一新了。可是，很多人想不明白的是，对于动物展示团来说，耗费如此大的代价来开展这样一次活动到底值得吗？包括大地主们都开始纳闷，这种活动哪能赚到钱啊！伍姆韦尔一定不是对道路进行胡乱修建的苦行僧。

那是一个周三的上午，沿着奥尔堡的大路，伍姆韦尔的动物展示团到了基尔毕。正值七月，天气炎热无比，到处是风沙。展览时间是当天晚上和第二天，展览地点是葛洛布里。伍姆韦尔不方便在星期天进行展览。要想看展览，当然得看他方不方便，要不然你可以不来。星期三那天，基尔毕和周边的人都来了。先遣队在动物展示团的大部队现身前几个小时先到了。有骑马的，有驾车的，他们周围弥漫着一种神秘莫测的异国情调，马和人都是如此。这是运送物资的大队，运载着各种各样的东西，像篷子、杆子、工具和道具。上苍保佑，刚到的那群人很快就忙活开了，他们讲着各种各样的话，场面一度非常混乱。他们跳着、叫着、快速奔跑着，不久以后，旅店就沦为他们的地盘了，大家蜂拥而至，没有时间等他们要用的东西运过来，如果没有找到要用的东西，他们就自己动手做，喂马的、自己饱腹的东西都可以被他们派上用场。这一天，旅店老板愁容满面，来的人越发多了，而且动物展示团的大部队还没有到，她忍不住哭了起来，向上帝祷告，说她真的忙不过来了，她真的应付不了。他们完全凭着自己的想法干，根本不顾忌什么，在腓德烈·尤斯特和尼尔斯·李夫的帮助下，旅店的帮工小伙子正在加劲提水和铡草，可是不管怎样都满足不了需求。外国小伙子自己也开始动手，飞快地提起水桶来，给人感觉像在救火一样。铡草机也一刻不停歇地工作着，没过多久就变钝了，现场真是要多乱有多乱。一个稍微懂一点儿丹麦语的外国小伙子要买牛，向身边人打听，可是这些人都不愿意卖给他，这么一个奇奇怪怪的小伙子究竟是做什么的？于是他一骨碌翻到马背上，到奥维·约恩森的农庄去买牛，可是奥维直接把他赶走了；小伙子又飞奔至安诺斯·米克尔森的农庄去买牛，安诺斯是个很有想法的人，他要求先看钱，结果才短短两分钟时间，他就把他最好的四头牛卖给了这个英国人。这一交易不仅让他把牛的老本赚回来了，还多得到了五成的收入。奥维·约恩森听完以后，后悔不迭，此后几个星期都提不起精神来。四头牛被赶到旅店以后，马上就被大卸八块，准备给那一大群野兽当点心，直到这里，好多人还没有明白是怎么回事呢。

　　大部队姗姗来迟，旅店的人这会儿全乱了。一大圈外国人，还有伸长脖子张望的人群。毕昂夫人什么都看不清，竟傻傻地笑了。后来旅店的女招待悄悄跟旁边人说，大部队到来时，老板娘吓得屁滚尿流。尼尔斯·李夫那老头子还差点儿出事了。一个鲁莽的马车夫在绿油油的燕麦地里割了一大捆燕麦，这下可把尼尔斯·李夫惹急了，他奋不顾身地冲上去，两个人就在田里扭打上了。所有的外国年轻小伙子都提着刀过来了，可是那家伙害怕了，担心尼尔斯·李夫会掐死他，很是不情愿地讨饶。没有人知道尼尔斯·李夫怎么会有这么大的胆子，其实他自己也不清楚。啊，那天真是太乱了，旅店里、面包房、商店里，以及几个农庄里所有能吃的、能喝的东西，都进了人、马，还有那些野兽的肚子里。可是，这也没什么好奇怪的，毕竟一头象只需要两口就可以吞掉一整个大面包，这是大伙亲眼看见的。以后我们还要讲这方面的事。

大路上的动乱也和基尔毕旅店的情况差不多。起初人们当然是沿着大部队过来的方向朝北走，在奥尔堡路上，可以一览动物展示团的场景。很多人继续往前走，直到铁匠家的那个山坡头上，在这里，他们可以看见在山谷中间盘旋的那条延伸至远方的路，这条路起于基尔毕风磨，然后从一个山丘穿过，最后抵达阿勒俄普坡地。而那些人中的年轻人则走得更远，也是顺着这条路，往更远的地方走去，爬到山丘上等着。他们可以在那里看到北边勒格斯特镇边的很远一段路。这段路上挤满了人。一大群城里人挤在山谷大概正中央竖里程碑的地方，等着大队人马从这里经过。

大部队终于来了，眼前的场景让大部分人都目瞪口呆，至于是怎么开的头，他们都记不清了。当神奇的车子依次驶过来时，他们才恍然大悟，路没变，沟没变，山坡顶上的风磨也没变。最近一段时间，里程碑那里的沟总让人觉得非常神秘，似乎会发生什么意料之外的事一样，不知道为什么会产生这样的感觉，也许是因为它太宽了也太深了，长了一种特别奇怪的花的原因吧，也有可能是因为这里是自己的老家城镇和外面世界连接的起点。不管有什么样的联系，当动物展示团大部队抵达这里时，现实在大家眼里好像都带有一种不确定性的危险。眼前都是真实的吗？路还是我们之前走的路吗？它会不会是一种严厉的警示，说运载骆驼的人、车就要驶向这里，长鼻子大耳朵的大象就要用它们的大脚，顺着覆满灰尘的车辙到这里来？

幸运的是，大部队休息了一会儿，大伙这时才有时间适应眼前的场景。所有的车都停了下来，忐忑不安的人们这才走出田地荒野，涌向大路，一览眼前的场景：整个山谷都被车队挤满了，从基尔毕风磨一直到阿勒俄普坡地，一辆接一辆车子占据了整个大路，就像一条特别长的漂浮着的桥。都被眼前的场景震撼到了，很多人觉得眼前一片纷乱，让人头晕眼花。人们一会儿跑向这边，一会儿跑向那边，一会儿又站在原地，他们反复聚到一起，似乎都受到一种神奇的力量的吸引一样。每个人都激动万分，总想跟周围的人诉说自己看到的伟大，而其实这一切别人也早已经看到了。他们面无血色，就像生病了一样，聚在一起喋喋不休地讲述着他们共同的发现。这时一件让人诧异的事情发生了，有人表现出异乎寻常的热情，一种在以前从来没有人想到，而且大家以后再多次提起来时，也会高兴得忘乎所以的热情。还有的人因为把当时的场景和盘托出而常年受到人们的褒奖，或者被大家一直讥讽。一个人第一次把自己看清或者把邻居的真实价值看清的时候，可以说是带有一定的病态的。

赛马师莫腾就是那些瞅准机会去看到了动物展示团大部队的精彩，之后又非常神奇地把当时的情形讲出来的人之一。他生活在斯特朗霍尔姆荒泽地带，是一个个子非常小的农民，几乎就等同于一个小矮子，当然，他根本就不是一名赛马师。在他那五短身材和他自诩伟大之间，总有一种很神奇的不对称现象，当赛马师莫腾每隔几个月就到基尔毕商店买东西时，总会停留大半天，滔滔不绝地说着，几乎没有什么是他不知道的，如绳索啦、水桶啦、刀钻啦等。否则的话他就把双腿叉开，用手绢把下巴挡住，乔装他的祖父，在一边站着，虽然不说话也不盛气凌人，却表现出了一种完完全全的自我内在价值，让人感觉他的确是个未知的谜团。一直以来，人们都喜欢拿赛马师莫腾开玩笑。可是如今这个小矮子却像神经病发作一样，大谈特谈那景象有多么恢宏好事，就如同他建立起了自己的帝国一样。赛马师高傲地走来走去，带着恩赐的眼神拍拍熟人的肩膀，让人时刻关注那大队人马，要他们抓紧时间去看看……他带着一股莫大的幸福感问他们，动物展示团被送到这里来是好事吗？……要他们不要离那些大象远远的，因为大象是不会伤人的。

赛马师莫腾在好几位大地主之间穿梭，之前，这些人根本都不重视他。可是现在因为好奇心掌控了他们的心智，也就没有那么急着要离他远远的了。他得意到了哪一步呢？他甚至带着一种神秘的语气告诉教区理事会主席安诺斯·尼尔森应该怎么做。他不厌其烦地请他离那些大象近一点儿。安诺斯·尼尔森害羞什么呢，赛马师拉着他走向车子，大象正用长鼻子把东西缓缓送进嘴里。安诺斯·尼尔森根本不知道谁拉着他胳膊，直到周围站着的几个人忍不住笑出来。之后，安诺斯忽然怒视着赛马师莫腾，拿出嘴里的烟斗，想要说点儿什么，可是终究什么也没说，这几乎就是让赛马师莫腾受到了审判。他这一次的表演在大伙心中留下了深刻的印象。之前人们嘲笑他，是因为觉得他是一个笨蛋，可是现在人们同情他，是因为觉得他是一个不能给他一点儿面子的无能之辈，太可怜了。

那天让大家完全改观的还有一个人，那就是埃尔凯尔大夫。大家都知道，一直以来，他都看不上农民。人们对他的印象只停留在看病。而他给人看病时特别蛮横，就像一条狗一样，自视甚高，还一点儿都不可怜病人，对什么事都不满意。他从来都不去教堂，即便别人请他，他也不去。他如果出门，要么是为了侮辱某个本分的人，要么就是讥讽整个教区的人都是傻瓜。可是动物展示团大部队的到来，却把这位刻薄的先生请出来了，在大部队从基尔毕经过时，他也出来看热闹了。他不但表现得特别善良，还毫不掩饰地和其他人一样，想要大开眼界。他的穿着很讲究，其他人都没见他这样穿过，裤子是淡黄色，裤筒很肥，像城里人一样戴着遮阳帽——高顶的大礼帽，红色的大纽扣装饰着礼服衬衣。有人说，他当年就读于哥本哈根时就是一个纨绔子弟，现在看来果然不错。今天他的脸色也很红润，虽然他依然给人一种苦大仇深的感觉。现在终于有机会了，来了一些他的同类人，来了一些对他比较"了解"的人，来了可以让他把外国习俗拿出来温习的机会，事实确实也是这样，大夫只希望和外国人对话，让他们知道他和他们是同一类人，可是，他的希望也就是在这方面被破坏殆尽。就是说，当他看到大队人马时，他主动走过去要向英国人问好，我们如此了不得的人物要会见的当然是伍姆韦尔本人，而不是其他什么人，当然了，尊贵之人打交道的自然也要是尊贵之人了。有从他们身边经过的人说，大夫确实笑了，而且笑得很甜。他说了几句表示欢迎的英国话，就如同他多年的礼貌用语都在这一刻派上用场了，现在整个城市的人都应该跪在他面前恳求他。可是，我们的这位大夫却没能入伍姆韦尔的眼，伍姆韦尔也没有觉得大夫是一个很特别的人。伍姆韦尔骑在马上，只是居高临下地看了一眼大夫，一个字都没有说，埃尔凯尔大夫根本用不上，可以把他忽略掉。伍姆韦尔是个特别鲁莽的人，继续往前走，他骑的马也和他一样沉默着。这时人们发现，埃尔凯尔大夫的脸色变得极其难看，像生病了一样。他什么也没说，离开了大道，再也不好意思出来见人了。对于埃尔凯尔大夫当着这么多人的面受到如此强烈的羞辱，人们也感到很伤心。

当大队人马来到基尔毕时，大家有了一个惊人的发现，和大队人马一起到的，还有三个知名人物——镇子里的三个小男孩，都在一辆马车的稻草上坐着。他们分别是大夫的儿子英纳尔、伯恩哈德·隆格伦和小尼尔斯。在运货马车的大马后面的草堆上，这三个胆大的孩子无所畏惧地玩耍着，表现出一种他们也属于动物展示团的人的样子。到基尔毕后，他们也没有下来，而是一直在上边坐着，用一种外乡人的眼光看着镇子里的人和房屋。几只对这三个孩子有好感的狗不停地蹦着、跳着，讨好他们，虽然它们不停地摇动着尾巴，身子几乎都要垮了，一直汪汪叫个不停，向它们的朋友做着各种动作，遗憾的是，孩子们没有认出它们。大队人马带着孩子们继续往前走。大队人马离开镇子以后，在基尔毕北面休息时，他们还曾经跑回来把他们的手杖带上了。这些手杖都是用藤做的，而且还用铅皮包住了杖头。大夫的儿子还拿了些钱和一个能够放在口袋里的瓶子，瓶子里面装着氯化铵配剂。而且，他还到杂货店买了些糖果。大家都看到大夫的儿子英纳尔非常淡定地和动物展示团的马对话。镇子里那些喜欢这个孩子的人觉得，这孩子要跑了，这也是没有办法的事。大队人马从葛洛布里山地经过，顺着大道走向南边时，三个小冒险家没有一丝留恋。很多人都大感惊讶，孩子们就这样无缘无故地消失了。三个孩子不想说什么，却像其他大人一样，装出一副极其神秘的样子，让城里人猜测究竟发生了什么事。

动物展示团这么喜欢他们，这倒也不奇怪。镇上小学所有的孩子都在里程碑那里聚集。大班的所有学生独立地在沟那边聚集，小班的学生则在大路的另一边聚集。看到大队人马到来，他们觉得特别感人，在这目不暇接的世界面前，整个大班孩子的那种不可一世的感觉集体消失了。在这个自我内在估值已经作废的时刻，他们才发现自己简直是无能和糟糕透了。他们的字写得很好，可以把石头抛向很远的地方，这些名声突然变得一文不名，真的是太可惜了，只有为数不多的几个孩子可以准确地判断他们之间到底有什么样的差距。所有价值都下降了不少，在这种时候，谁还能大度地用轻视的心情来看待自己那像鸟巢和蜂窝的家，或者自己那一方小天地。更为恶劣的是，就连大人物都自身难保，和大人一样，孩子们突然眼睛发亮，看到了他们的同伴究竟是什么样子：很多孩子用从来没有过的冷漠眼神，灰心丧气地打量着彼此，可是也有例外，有几个孩子似乎第一次从同伴那里发现了诚实，得到了笑容，和他们热络起来。英纳尔和伯恩哈德的友谊是经历过风吹雨打的，现在他们的队伍里加进了小尼尔斯。

小尼尔斯从小就被父母抛弃了，在教区孤儿院长大。他没有亲人，当然就更不用说父母了。他的生活一直处在灰暗中，你知道大伙既不能淹死他，也不能用其他什么办法解决了他。学校里的人都非常看不起他，可是没有害他，因为他是个非常温和的人，对人很友善。他的嘴弯弯着，似乎一直都在笑。如果有人施舍他点儿什么，他会非常高兴。今天他也过来了，可是自己一个人远离大家，孤孤单单地坐在一旁。他很清楚自己的衣服不能和其他男孩相比，可是，他依然好好收拾了一番，穿着一条长裤，戴着一顶特别大的帽子，穿着一双小马靴，反穿着一件背心，这些都是教区各方人士送给他的。总体来说，小尼尔斯的穿着就如同一个小号的农民，根本就是来自一个小农庄的小家伙，他倒无所谓。他那双眼睛闪着明亮的光，正好从帽檐下面透了出来。他自己也发现背心反穿着，导致纽扣也反了，他希望其他人不会注意到这一点。反之，他却因为那双马靴而显得非常紧张。靴子其实不错，长筒，成色也还算新。可是右脚的一只靴子尖和左边那只相比，要稍微圆一点，两只不太协调，能发现这一点的恐怕只有小尼尔斯了。可是在他看来，正是因为大家发现了这一点，所以才会如此吵闹。所以，他坐在那里，一直将双脚放在一丛草里面，装出一副无所谓的样子。可是，一想到只要站起来，他的靴子就会被别人发现，他就觉得很紧张，而大象来的时候，他是无论如何都得站起来的，到那时，他也把自己的靴子给忘到九霄云外去了。当大家都在旁观大象咀嚼食物，看起来它们就如同一群永远也吃不饱的怪兽时，英纳尔来看小尼尔斯了，并友善地和他打招呼。这个教区的小孩全身上下似乎都是别人好心赠送的东西，即便手和脸也如同是别人好心给予的。他一个人一脸兴奋地站在那里，他是仅有的一个专心致志的人。其他的孩子都像大人一样聚在一起，不满足感充斥了他们全身，一个个愈发不堪。原因是，他们在看到这些从来没见过的东西时，心灵深处会引发一种强大的向往，而在自己快要走下坡路时，他们又不能直面现实，也不能跟着现实的脚步走。小尼尔斯则不一样，他没有什么东西可以失去，他孤身一人，一个人微笑着站在那里。他周身的细胞都在迎接这所有新奇的东西。可以把他身上发出的一切都显现出来。他的脸就如同一面鲜活的镜子，随着视线的移动，他的手也在不停地挥舞着，而他自己却浑然不觉；看到什么活动的东西，他的膝盖也会跟着律动；见到什么美丽的东西，他就会开心地笑；只要发现新奇的事，他就会快乐地跳跃起来。当他戴着宽大的帽子像个小农民一样站着，和他所经历的一切融为一体时，他就变成了所有事物的核心，成了幻境中的主宰，所有有生命的东西在这样的幻境中都是灵动的、愉悦的。

大队人马不久又踏上了征程。马夫中有一个坐在他那巨大的弹簧架横木上，皮肤黑黑的，看上去非常友善，向孩子们打着招呼。孩子们早已垂下眼帘，假装没有看见什么，也没有听见什么。可是，大夫的儿子英纳尔从父亲那里学到了一点儿英文，他很快就懂得了这家伙要表达的意思是"他们都是谁的父亲"或者"你们的鼻子上也长着皮"，又或者在说大人们平常戏谑孩子的话。于是，英纳尔和他认识了，还拉上了伯恩哈德。可是，当他们两个坐到横木上，看到小尼尔斯在路边不停地挥舞着手臂，一脸微笑，好像很满意他们两人坐在那上面时，英纳尔便向他致意，把他也拉了上去。事情的经过就是这样的。

现在他们晃晃悠悠地从山地经过，周围的气氛几乎胜过了他们从前所经历的一切，甚至超过礼拜日的快乐、圣诞节的欢愉。他们似乎离开了地面，端端正正地坐在一个宏伟的世界中心。他们坐着的那辆车子非常排场、宽大、牢固，很像在车轴上架了一所又长又细的房子。可是它只是一个很大的笼子，一边是铁栏，上面挂着锁，没有窗子，也没有可以自由移动的门。车子上的东西都很牢固，铁棍、横木和轭也是这样，拉车的马都非常大。在英国，这种马是拉货车的，腿脚特别粗，几乎就是大型动物，一个两节的刹木和车子的后轮紧贴着，其功能是防止车子停在上坡路上时往后倒滑。看到这么多非比寻常的情境，真是一场前所未有的奇幻之旅。一些人的眼光定格在大象身上，另一些人的眼光则在骆驼身上。可是那辆据说装载狮子的车，则在四匹大马的牵引下，这四匹马是所有马中最大的。不仅有运送野兽的车子，还有好几辆拉人的车。走在队伍最后的几辆车特别大，那是经理和他的一帮人住的地方，这些车特别精致、奢华，伍姆韦尔本人所住的车子上面带有镀金的镜子，里面有好几间屋子。可是，最宝贵的车子还是最后一辆，是给驯狮女皇爱丽丝小姐住的。宣传海报上就有她的身影，据说她要独自一人走到装载有十五只狮子的笼子里面。这辆车的制作材料是磨光的玻璃和全部镀金的框子，价值高达数千克朗。四匹乳黄色、长着玫瑰红鼻子和浅黄鬃毛的母马拉着往前走，四匹马都非常干净、美丽，真的跟四位爬行的护士小姐很像。爱丽丝小姐在彩车里面坐着，红丝绒窗帘挡住了车窗，所以没有人能一睹爱丽丝小姐的芳容。

从基尔毕到葛洛布里要走一里半的路，可是，因为途中要从莫霍尔姆河上的桥经过，所以中间要拐一个大弯。一开始一里路是一片山地，右边是斜向下的坡面，延伸至林姆海湾最窄的那一带海边，萨灵就位于海湾对面，左手一侧则和陡峻、高耸、满是半圆坟冢的葛洛布里山区相连。这一长条山脊高高挺立着，一片灰暗的颜色呈现在人们眼前，光彩夺目的金雀花装饰着它。一路上有十几个特别大的坟包，一座圆形讲究的坟冢昂首屹立在最中央也是海拔最高的地方。这里很安静，蓝天和白云都清晰可见。传说这是一位国王的坟冢。山地还有上古时期车行的道路痕迹，这些道路交错着延伸至内地。从这里开始，大道像一条白色的宽带顺着山野旁的沟和非常美丽的石堆延伸至前边。可是，你只要从沟壑跨过去，就会发现那边是荒野，而荒野特有的芳香就会飘散开来。

三个孩子对这样的环境是再熟悉不过了。可是因为今天他们高高地坐在这么宏伟的大车队中，便感觉山野和那些熟悉的高丘，甚至那些石头堆子，所有这些东西都向他们投以希望的目光。所以，眼看着自己无法为这些令人同情的事物做任何事时，他们感到很难过。

突然，路上蹿出来一只野兔，它在路上停留了一下，耳朵竖得高高的，然后一脸惊惧地跳进沟壑，钻到土堆里去了。这当然没什么好奇怪的，孩子们觉得它肯定是被吓到了。他们一直非常怜悯地看着野兔的背影，直到再也看不见为止。家乡土地里的这么一只不值一提的野兔，和动物展示团这么多尊贵的大动物根本没有可比性，对于兔子逃离时的那种可怜、茫然的样子，三个孩子心痛无比。

孩子们无所拘束的心在看到一路上的贫困以后，很是受伤。他们的心紧紧连着被拴在沟里贫苦农民的一头瘦弱的牛。牛的嘴不停地动着，虽然肉眼看过去地上什么也没有。牛自然而然地把头抬起来，看着孩子们，并没有丝毫要反抗自己瘦弱的意思，就如同对于这样愉快的一天，它理应做出自己的贡献一样。

一个穷得像乞丐的人住在深深的山地里，他的口碑不佳，人们差不多都忘了他了，三十年以来，他就依靠一小块并不富饶的山地为生。今天他也下来了，站在道边看着经过的大队人马。这人的面孔看上去很是奇怪，就如同被一种说不清道不明的心情所摧残，而这种心情是看到这难以衡量的富有而自己又不知道是什么情况。他的妻子站在离他不远的地方，手里织着袜子，可是她的目光并没在大队人马的车上面，而是在她的男人上面，她从她的男人身上才能看到她的希望。稍远一点儿的矮树丛后面，躲着三四个长头发的小脑袋，是几个胆小的小孩。基尔毕的男孩子们几乎不会和这个山野里的人交往，除了在他偶尔进城时会和他疯闹、大声咒骂他、用拳头打他以外。对他的孩子们，男孩子们最喜欢做的一件事就是在野地里不停地追赶他们，直到他们跑得筋疲力尽，最后停下来，并不会发生肢体上的冲突。今天，男孩子们觉得让这位山里人受委屈了，这些小脑袋在矮树丛后面躲着，不敢走到前面来看。

可是，当他们远离镇子，从那一片让他们有自己家乡印象的范围走出去时，他们就没有了那种消沉的感觉，又变得热烈起来。他们又开始活跃起来，眼里似乎有光芒在闪烁。那些他们不熟悉的路让他们的情绪高涨起来。英纳尔把纸袋拿出来，请伙伴们吃糖果。伯恩哈德吃了两块，可是小尼尔斯一开始很拘束，觉得吃别人的糖果不好，后来还是拿了一块像玻璃一样透亮、形似小鱼的糖果。英纳尔也给车夫拿了一块，车夫漫不经心地吃到了嘴里，这让英纳尔很是兴奋。这个身材魁梧的家伙纹丝不动地坐在那里，很是懒散，半梦半醒地拉着缰绳抽打着马，那缰绳动不动就会滑落。突然，他用力看了一眼在他身边坐着的小尼尔斯，一言不发地就把缰绳放到了他的手里，小尼尔斯刚把缰绳拿在手里，马车夫就进入了梦乡，头低垂着。这时他们似乎才首次发现他的衣服太可怜了，腿上的靴子又是多么破旧，还被路上的石子蹭坏了。

　　马车夫让小尼尔斯拿着缰绳真是太失策了，其他两个人心中特别不爽，很想让他不要接缰绳，两人一下子翻脸了，轻声抱怨着。小尼尔斯没有回答他们，而是像个得体的人一样，吐掉了嘴里的糖块，那亮闪闪的"小鱼"如今已经变得非常薄，直接跌落在了地上。之后，他咧开嘴角笑了，牢牢抓紧缰绳，笑得愈发开心。另外两人齐声表示小尼尔斯驾车是理所应当的。尼尔斯现在也因为觉得自己已经是一个得到认可的马车夫了，不禁灿烂地笑了，胸前起伏不定。英纳尔又给了他一块糖。小尼尔斯把缰绳抓在手里，驾驶着这巨大的马车稳稳向前进，和前边的车子保持着适当的距离。在小尼尔斯的驾驭下，马车顺利地通过了一片绿色的地带，英纳尔和伯恩哈德都对他刮目相看，且投去了艳羡的目光。在如火的骄阳下，马车夫睡得很是安稳，屁股似乎粘到了横板上。不时有嚼草的声音和响亮的咕噜声从秘密的车子里面传来，那是里面被关着的野兽发出来的声音。小尼尔斯，你不错啊，尽管你是这个世界上最小的农民，可是你却微笑着在葛洛布里的山野地里驾驶着"挪亚方舟"！

山野地段终于在古代民众议事的遗址附近坡前结束了，在这里还差点儿发生状况。这里大道有一个非常急的拐弯，几乎都折回到之前的方向了，也许小尼尔斯力气还是太小了，也许是对车子的长度估计不够准确，也许就是这个原因，以致后轮走得太靠近壑沟，不由得向下滑了一下。啊，三个孩子吓得不轻，可是危险很快就消失了，他们又再次走到宽广的葛洛布里大道上了。当大车队从这个拐弯的地方走过去时特别有意思，成群结队的车辆像一条大虫在折头一样拐过这个急弯。从这个弯拐过去以后，就是明晃晃的路了，特别平整，一直延伸到葛洛布里，已经可以看到城里教堂钟楼的尖顶和大树了。

大道从海湾穿过以后，就径直往内地莫霍尔姆的宽广山谷去了，碧蓝的湖水从一片浅绿色的地区流过。莫霍尔姆教堂钟楼的红色尖顶也可以看见了。最早的时候，这一带是海滩头，在修缮这条道路时，用的是沟壑里的贝壳，所以大道原本白得透亮。这段旅程因为白色的道路和绿色区域的交相辉映，而更显得多了些许活力。阵阵轻风从海湾飘来，带来些许水草和海水的味道，明亮了人们的眼睛。

马路上那难以计数的人才是最让人称奇的。大队人马过了桥以后，开始沿着上坡路去城里时，突然有成千上万的人钻了出来。无论是城边山坡，还是河边，放眼望去，到处都是人。他们盛装打扮，从沟壑穿过，出现在山岩边上，要么走路要么驾车，从各个方面涌向这里。远远望去，可以看到成堆的人沐浴在阳光下，向葛洛布里的方向前进。

这历史悠久的农耕地带，山坡顶上远古时期先人的坟墓的对面就是他们的信号灯所在地，还要走不少路才能到。开辟于上古时期的宽谷两边，堆放着不少垃圾，这些垃圾来源于石器时代先民。这些居住点两端的谷崖间还回响着牲畜的吼叫声，还可以闻到牲畜的味道。此外，这里还有山野，还有海湾回旋的岸。希默兰所有地方的人都来了。周边那些历史悠久的城镇的人也来了，像寇隆、托里尔德和斯腾贝克，那些有着千年历史的、有着异教徒名称的庄子的人也来了，这些地方只传承一个家族，就这样一代代从远古时期传了下来，他们的历史根本不可考，没有任何遗迹可寻，也没有能够纪念的东西，他们日复一日地从事着最简单的劳动。人群还有的来自于由新搬迁到这里的人组成的郊区农村，他们来自贫困的农民家庭。所有可以活动的都朝葛洛布里涌去，就如同终于有一天，他们可以相聚在一块窥见外面的世界一样。在一个地方聚集这么多的人，还是头一次，每个人都发现，这里聚集了所有自己认识的人，因为人们都一个不落地来了，从老人到妇女和小孩，都是拖家带口前来。早就卧病在床的人也来了，他们要最后一次出来看外面的世界。冷他们怕，阳光他们也怕，因为上了年纪，他们遇到了诸多难题，就如同他们一辈子都只能被困在地下室一样。那些早就被人们遗忘的人也听到了消息，他们开始向往外面的世界，遗传让他们患上了弱视，而且因为常年处在黑暗中，他们的眼睛已经看不见了。可是如果这次不来，他们将永远没有机会了。因为已经这把年纪的人了，哪里还有机会去外面的世界看这样的精彩呢？现在，外面的世界离他们越来越近了！

大队人马抵达葛洛布里城里时，却只是受到了当地人平淡无奇的欢迎。车子暂时还没有开，人群也都站得远远的，满心疑虑地盼望着，这是他们的经验之谈。只有当小尼尔斯驾驶着的那辆车从人群中走过来时，才引起了人们的惊呼，并在人群中引发了不小的轰动。他坐在那里神态自若地驾驶着，没错，他就是农民自己的儿子，就像一个美丽的农民，身上穿的、戴的全都是农家的东西，这是毫无疑问的。全教区的人都来了，小尼尔斯身上的穿戴都被大家认出来了，看起来，他的存在要归功于整个人群，他的肉也好，他的血也好，都是属于大家的，他微笑着坐在那里，就如同一次甜蜜的亲吻，又如同门后轻柔的微风。是啊，没错，正是因为有了他，吵闹的农家人和外面世界的使者——动物展示团之间才产生了连接。果然没错，人群间出现了愉悦的氛围。看到自己家乡正宗的小伙子，如此气定神闲地驾驶着那辆装有狮子的马车，人们真心觉得高兴。

大车慢悠悠地来到了城里，直到教堂后边的大广场才停下来，上古时候，人们就是在这里议事的。动物展示团这时开始排兵布阵了。头一辆车绕行了广场一圈以后才停下来，后面的车也是如此，一辆接一辆地排。毫无疑问，所有车辆都排好以后，一个大圆圈就形成了，车架子上的门阑都是向里开的。因为车子太多了，所以需要不少的时间，而且最后也会形成一个非常大的圈。有人还议论说，最后肯定还要搭个篷子，很多人却不屑一顾，觉得这是天方夜谭。可是最后大家还是有机会看到了。一个下午的时间都浪费在摆车子上面了，等搭好篷子，安顿好一切时，夜色已深。

那天下午，驻扎在那里的人可真是让人见到了前所未有的大场面。在农民看来，有些事不仅让人生气，而且扣人心弦。这是他们第一次看到赶马的人如此粗暴地对待马，伍姆韦尔也是他们印象中第一个那么粗俗、残暴地对待自己手下的人。他亲自指挥大家搭马戏场，他身穿精致、奢华的衣服，手执十多尺长的皮鞭，像个疯子一样大喊大叫。他大喊着"快"，这让农民感到很失望，在农民对其他人做事感到不满时，更多的是看到别人的道歉。顺便提一下，伍姆韦尔是一个运动员型的男子汉，因为喝了太多酒，两只眼睛朝外突出得很明显。伍姆韦尔只知道别人要遵照他的指示，他做事的节奏就是快，无论是人还是马，速度都要像飞一样！如果某辆车没有及时到位，拉这辆车的马就会被抽得狂奔，直到最后那一瞬间，眼看就要和前一辆车子相撞时才紧急刹住，而且要快速整理好！经验丰富的人负责最后一段路的驾驭，当车子还在疾驰中，他们就可以猛地朝车轮扑过去，及时刹住车子，车轮会因此嘎吱作响，在轮子陷进软草地而动弹不得前，他们就要让车子快速滚过去，因为车子的重量和地面的硬度形成了强烈的反差。伍姆韦尔就如同一个疯了的魔鬼，声嘶力竭地叫着，大力地挥舞着鞭子。这一带也有几个以蛮横粗鲁闻名的大地主，此刻，他们也在那里看着，怀着一腔悲愤的心情看着这个不停叫嚣的刽子手，他们很想出手阻止，当然姿态要是严厉的、镇定的，还必须保持自己的尊严，叫停对方的这种残暴对待动物的行为。

　　可是就在这时，一件特别奇怪的事情发生了，这是他们从来没有遇到过的，之后他们也守口如瓶。一辆车子的一只轮子陷进了软草地里，拉车的马都被拴了上去，人也都上去推了，可依然无济于事。顿时响起了一片哀嚎声，吵闹成一片，伍姆韦尔气急败坏，更用力地挥舞着手中的鞭子。突然，他看到一旁有一群叼着烟的强壮的汉子，一脸的戏谑，他们都是希默兰地方大地主家中最精壮的家伙，忽然，他的鞭子就在这些人头上开始盘旋！伍姆韦尔跳到他们面前，用外国话极力谩骂着什么，然后把他们一个又一个拽到车旁，有托马斯·史班、安诺斯·尼尔森、斯汶·西尔德的格拉维斯……力气之大令人咂舌。希默兰整个农民贵族阶层的人还没反应过来，就全部被拽到了一个轮子陷进去的车旁边，用力搬着车轮子！他们像熊一样强壮，突然想好好表现一下。因为他们特别生气自己遭到这样的对待，他们气得脸发青，吐了口唾沫，靴子已经被泥水吞没了。伍姆韦尔用尽全力大叫着，用鞭子使劲抽打着马匹。突然，车轮子滚滚向前，车子飞奔了出去，回到了自己的位置上，观众席上爆发出一片叫好声。多亏了那一片欢呼声，要不然等他们反应过来，这些健壮的"地主们"真是不知道如何自处。究竟发生了什么事？他们是如何被他收服的？他是来自那九层地狱里的吗？

在经过残酷的高速飞奔之后，很多车都出现了问题，有的木杆断了，有的木框裂了，里面的动物也很恐惧，顺着栏杆乱爬，发出各种奇怪的声音。可是伍姆韦尔依然在咆哮。他要求动物展示团今晚不管付出什么代价，都要开始表演。圈子围好了，只留下了一个缺口，观众可以从这里进去。伍姆韦尔是不是就这样开始收门票呢？不，他不是。一场真正精彩的表演又呈现在大家面前，实事求是地说，这是一场力和美的表演。即在修动物展示团表演场入口大门时，又上演了一场生命、身体和物资之间的拼死对抗。

在准备做入口的缺口那里开来了一辆体形庞大，经过特殊组合的车子。原来是要用它的一些零件来装饰入口的地方，将这些扇片重新组合来模拟翅膀。表面看起来这个活儿有条不紊地进行着，其实它更像一场混乱不堪的战斗，一场毫无章法的组装。此时的伍姆韦尔就跟个神经病似的，在那里上蹿下跳、手舞足蹈、火冒三丈。他的工人们不敢有一丝懈怠，都拼尽全力尽快完成他们的工作，他们都急红了眼睛。转瞬之间大门被安装好了！长杠子和粗索子是他们的工具，一些人先用索子托着一块块的装饰片，另一些人用杠子将它们撑上去。就这样，这些扇翅片的庞大重量全靠这笔直的杠子支撑住了，当扇翅片向两旁张开或向上张开，或者重叠的时候，入口处的大门带给我们的是强烈的震撼，那是一幅流光溢彩的画面，那些经过仔细雕琢的价值不菲的巨型扇片在阳光的照耀下，轻轻地摇曳，格外炫目，欢庆的爆竹声震耳欲聋，冲天炮"咻"的一声，就像离弦的箭一样直射天际，大门的牌坊在欢呼雀跃声中仿佛是一个伟大的巨人一样矗立着。门正中的牌子上有四个金光闪闪的大字，那是伍姆韦尔的大名，牌子两旁有两幅精美的画像：左边是美丽的爱丽丝小姐，她的身体微微裸露；右边则是伍姆韦尔自己，神采飞扬。之后，空气中有了片刻的安宁，工人们都弯着身子，大口大口喘着粗气，他们已经没有一丝力气了，可是他们连小憩片刻的机会都没有，这中间伍姆韦尔去到了爱丽丝小姐的车里，不过马上又出来了，还咂咂着嘴巴，似乎是去抿了几口烧酒。那些觉得他跟神经病一样的人非常诧异，此刻他怎么会这么安静了？但是好景不长，转眼间他就从那些喘着粗气的人中间跳了出来，大声地斥责，窜来窜去，怒气冲天，他挥舞着手中的鞭子，就像一条盘旋在空中的恶龙。这时该搭篷了。那块地非常大，上面排列着车队，用一大片帆布沿着车阵覆盖着。纵然大家一刻也不敢停歇，但是搭帐篷还是用了很久的时间，最后天都已经很黑了。不过大家一点儿也不觉得无趣，反而还兴致勃勃地观看着前期的筹备工作，看着他们手忙脚乱，完全忘记了时间的存在。

但凡能够引起人们关注的事物，它的"历史性"意义必定经过长久的沉淀，不过凡事也有例外，就像这里发生的事，人们感受异常震撼，因此立马就会将它封存于头脑中而永不忘怀。在那么多集结在一起的人中，在美丽的葛洛布里，在以它为中心点延伸的很多里地的美景周围，在炎炎夏日，在浩瀚无边的宇宙中，在这个以伍姆韦尔为中心的一天中，在所有事物的四周，时间失去了它存在的意义。这一天是一个美好的仲夏日，周围的田野里，绚丽多姿的野花竞相开放，一直盛开到视线无法触及的地方。温柔的地面与温暖的阳光在遥不可及的地方重逢，连接成一条碧绿的缎带。大地被浓浓的湿气覆盖，雾霭在空气中欢呼雀跃，在葛洛布里美丽的田野里随意飞舞着。在这里，有如海水一般湛蓝的田野沐浴在温暖的阳光里，五颜六色的花朵随风摆动，放眼望去，五彩斑斓，让人流连忘返，甚是壮观。如棉花糖般的云朵，互相堆积着，在苍穹的中天飘浮着，那中天的深沉和湛蓝无法言喻。西边的阳光透过洁白的云层，射出一道道美丽的光环；东边大团大团的云朵在千里之外的地方层层相叠，毫不畏惧地对抗着太阳的光芒。海是一片片明亮的湾和一块块蓝蓝的水峡，海湾对面很远的地方，片片山野在蒙蒙的薄雾中若隐若现。

　　但是此刻太阳已经下山了，天气也渐晚，清凉的仲夏夜结束了，人们已感受到丝丝凉意。大篷下的动物表演场已经准备妥当。那不止是一个大篷，那是一艘尊崇上帝者的挪亚方舟，那是一艘装满生灵的大船，在美丽的葛洛布里停下了脚步！那动物的唱和声，是一首动人的交响曲，这悠扬的声音飘扬在葛洛布里春光肆意的清晨，在温柔的阳光下尽情挥洒。他们将大篷里的火把和火堆点燃了，猛然间大篷里火光四射，温暖明亮起来！与此同时，笼子的挡板全都打开了，那些叫不出名字的野兽的吼叫声令人恐惧。从入场通道射向空中的火箭光不断发出耀眼的光芒。皮鼓和铜号乐队同时奏乐，音乐声和鸣炮声此起彼伏，响彻云霄。那炮声是代表着伍姆韦尔的动物表演场向大家开放了！此时差不多是夜里十点的样子了。

　　接下来该轮到观众们挤破头了，但是奇怪的是前几分钟根本没有一个人进去。收门票钱的是伍姆韦尔自己，不过他要被沮丧和绝望吞噬了。这里有好几千人会聚着，但是似乎没有任何人有进去的意思！他挥舞着手臂，并弯腰做出很诚恳的欢迎姿态，这个身材魁梧的人儿，可怜兮兮地一个人立在入场口，他一直弯着腰，做着请进的动作，神情十分真诚，不过人们依然无动于衷。他的脸色时而白，时而红，他大声地喊着，听不清说的什么，不过明显带着哭腔。唉，可怜的伍姆韦尔，你可曾明白，这里是日德兰人的地界，没有人有带头进去的意思，他们都站在那儿一动不动！男人们都挤在一块抽着烟斗，女人们则躲在后面，就像一群傻子，双手交叉叠放在胸前，就像站在教堂门口祈福一样。在入口的地方有几步台阶，没有谁想当头一个露脸的人，也没有谁想被人注意，任何人都不愿成为眼中钉。必须通过一道门才能进到表演场，像往常那样蜂拥而至似乎不太文明。但就是这时，在局面快要失控之时，他们低垂着的眼睛竟然看到有人踏上台阶，走进了大篷！那三个瘦弱无比的孩子竟然如此大胆，无论进去后是看到动物或是死于非命，都无关紧要，他们不过是想去开开眼界。那是基尔毕的三个小孩子：大夫的儿子英纳尔、伯恩哈德·隆格伦以及小尼尔斯，他们不要命了！走在第一的居然是可爱的小尼尔斯，他还一边走一边跳，就是这样一个不知天高地厚的小男孩，成为全教区的领头人，带给大家不小的震撼，他们也都跟随他的脚步，一起涌进了大篷。最开始看上去情况很糟糕，时不时传出骂人的声音，人群就如同被阻挡的水流一样倾泻而出，很多妇女被挤得大声叫唤，万幸的是表演场很宽敞，慢慢地人群被精彩的表演吸引了目光。

最开始进入动物展示场的人是英纳尔、伯恩哈德和小尼尔斯，在跳跃着肆意的火苗的石脑油火炬的照射下，草地发出了令人惊叹的颜色，这光是绿的，似乎带有石脑油的特殊气味。场里处处是铁栅栏，里面关着躁动的动物：野兽的面孔、金黄色的皮、血盆大口、沉重的眼皮下面慵懒的眼，处处是穿梭在柔软的锯末上的爪子……实在是太难闻了！帐篷里散发着珍奇的野兽的体味，就如同停尸房的味道那样让人想吐，尽管人们在那种地方点上了香和火烛，可依然不能掩盖那难闻的味道。孩子们先是活动在距兽笼远一点儿的草地上，没敢立刻向兽笼靠近，他们既害怕又激动，就如同行走在火海中一样如履薄冰。狮子大力的吼叫让他们差点儿瘫倒在地。可是，他们很快就适应了。他们很清楚，野兽被关在笼子里，他们根本不用担心，于是大胆地走到虎王面前。于是他们的游览过程变得更加惬意，他们从来没有过这样的经历，他们会终生铭记这段新奇之旅。他们眼睛睁得大大的，来到了一个梦幻的世界，这世界一直都是唾手可得的，却又永远不会再得到。这世界就在自然和孩子们中间。

动物展示一共延续了两个小时，即在这两个小时里，大家可以自由地在篷子里活动，观看各种野兽。那天晚上，葛洛布里的观众都是怀着满腔的感谢之情的，他们从来没有接受过自然史教育，也从来没有到动物园参观过。他们看待眼前的一切，是秉承着原有的家乡理念以及特别科学的眼光。他们在观赏时，是从自己熟悉的动物开始的，然后顺着自己经验的道路往前走。他们觉得这样做最牢靠，不会迷失了自己。达尔文就是这样一个杰出和单纯的农民，他就是先看了猫，然后看到老虎又返回来的，寇隆的艾立克·苏恩森也是一样。

当艾立克走到老虎笼子前面时，他自言自语地说："这不就是猫咪吗？可是，这家伙要威风多了。"

他还说大象就如同一只大猪，因为貘带给了他这样的印象。大伙不是来做礼拜的，所以他们可以任意地发挥自己的想象力，而且将其最大化派上用场。他们最喜欢斑马和驴这样的动物，因为这些东西属于马一类的。

在评判驴子时，艾立克·苏恩森说："它的尾巴像牛尾巴一样。"接着说，"它自己也不愿意长成这样。""它的耳朵太长了，看上去很可笑。"

被称为角马的牛也受到了大家的欢迎，有人说它是长了角的马，大家都相信它是既像马又像牛，属于专门的一类动物。所有长角的动物都被他们视为小牛犊，这么叫当然也有合理之处。对于蛇，乡下人印象都很深刻，除了用极其难听的残暴的大长虫称呼它们以外，再找不到其他更合适的词了。对于在民间传说中多次出现的动物熊，他们对它们是满怀同情之心的，可是对于它们究竟是什么动物，他们却不太清楚。

在喂动物时，大家都觉得很亲切。对于他们来说，这种感受其实是很正常的，他们自己一直都在这样做。那些健壮的大野兽是最让他们觉得心惊肉跳的，它们会一脸贪婪地扑向那些人们喂过去的肉块。饲养员喂它们时，会使用长长的肉叉打它们。他们为什么要这么做？需要这样做吗？动物都吃得美滋滋的，也只有在这种时候，才能和它们对话。即便最残暴的狮王这时也会表现出对食物的强烈兴趣，把那大块的腔骨抓到自己面前。为此，它还大声警告周围的世界。在吃东西时，所有动物的眼光都变得柔和了，即便最残暴的老虎，也会表现出一丝善意。动物得到了很好的驯化，既警觉又守规矩，当它们在吃东西时，就似乎彻底地陶醉在自己的世界里了。因为对于它们来说，最重要的就是有食物可以吃，把一切都消灭干净。啊，所有野兽都得到了自己的食物以后，整个动物展示团安静下来，连咀嚼声、呼吸声都听得见。所有的动物都在心无旁骛地吃自己的那一份食物，都沉浸在美好的食物中。大象吃东西的时候，装出聋哑的样子，可是它那双小眼睛却将眼前的场景尽收眼底，没有一点儿错过的，它们可聪明了，一直都知道自己的大脚在哪里踩着，可以非常娴熟地使用自己的长鼻子，它们走的永远是最短的路程。骆驼一点儿都不可爱，长得像大号的绵羊，整个结构都不太对称。有一个人觉得骆驼和裁缝很像，可是他心里想的可能是某个专门的裁缝。

杰出的驯狮女皇爱丽丝小姐的表演是最后的重头戏。观众想看的不是她表演的内容，虽然她独自一人走进狮笼里会让人觉得不安，可是观众的情绪并没有被调动起来。她将自己的头放进一只狮子的大嘴里，观众也并没有发出惊呼，而是安静地看着。可是，她命令一只狮子躺下来，而她自己睡上去时，观众席上却爆发出一阵笑声。我们知道一只残暴的野兽是什么样的。可是一只驯狮只是一种小东西而已。如果爱丽丝小姐因此送了命，观众就会津津有味地看着，而且留下某种深刻的记忆。有很多前来观看表演的人都觉得，她之所以要到狮笼里面去，就是要沦为狮子的食物的。海报上就是这样宣传的，他们觉得自己上当受骗了。当爱丽丝小姐以女皇的姿势站在笼中狮子中间时，外面的伍姆韦尔放了一阵绿色的焰火，爱丽丝小姐放了几枪，就快速从笼子里爬了出来。当绿色的异彩纷呈的光逐渐黯淡下去时，人群也开始散去。

在这长夏还很绚烂的深夜，一群群散开的人慢慢议论着走上大道，紧跟其后的是一队队车子。他们谈论着很多事情，也说到了一件被透露出来的事情。那就是伍姆韦尔和爱丽丝小姐并没有结为夫妇，他们并没有结婚。并不是说这样的事遭到了人们的反对，而是因为这样的事是不被允许的，而且他们两人是在大庭广众之下这么干的。伍姆韦尔大概是个很富有的人，那就是另外一回事了！只要有钱就不是问题。上帝啊，也许我们都想做善良的人，可是我们都太微乎其微了，在叹息声中，大家纷纷往自己家走去。

现在到了说一说基尔毕的那三个孩子的时候了，说说在展示结束以后，他们有什么感想，说说他们的家还离着很远的距离，说说他们已经饥肠辘辘了。他们在车上坐着，从基尔毕来当然不是什么难事了，可是想想回去的路，却让他们很是难受。他们商量着从农田和山野回去。他们把最后那点儿氯化铵配剂喝完了，令人讶异的是，他们竟然开始咳了，可是这种配剂原本就是起到防咳的作用的。之后，他们分别把帽子拿在手上开始走。他们太累了，一句话都不想说，只是在山谷的一条路上慢悠悠地走着，在长夏夜晚里，田野里的草散发着让人压抑的气味。在没有栏杆的窄桥的边上，他们驻足了一会儿，看了看河里，河水若隐若现，深不见底，慢慢向前流着。可是，当他们走到矮树丛山地，看到东北方已经在太阳的照射下时，他们的精气神又恢复了，想要爬到矮树丛遍地的山顶上去。当他们在野外跑时，他们是很喜欢这样的地方的。在他们爬得越来越高时，周围的景色也慢慢显现出本身的颜色。他们爬到山顶国王冢时，躺倒在矮树丛旁，这时天边升起一轮红日，遍地是矮树丛的山下田野变得透亮，延伸至远方。田野里很是安静，饱满的麦穗站得稳稳当当的。他们看向四周，不管看到多么远的距离，到处都是回家的人群，像一群黑蚁，听不到一点儿声音。

他们坐在那里时，英纳尔的眼睛忽然定格在某个东西上，眼睛眯成了一条缝，脸也变得毫无血色。除了眼前这所有景色以外，一条非常灿烂的细带出现在非常远的地方。那大概是卡特加特海，这是他从未见过的。这天早晨的光线投射得非常到位，水面像镜子一样，把光照都摄取到了，离很远的地方也可以看到。这光带只持续了几秒就不见了。可是这件事英纳尔却没有跟任何人说。这是他的命运，是不能告之于人的。在这个悄无声息的明亮的清晨，命运在向他发出召唤。之后一会儿他躺下去了，心里觉得很难受，没来由地发冷，他对驯狮女皇爱丽丝小姐极尽鄙视，他永远都不想再见到爱丽丝小姐。

伯恩哈德也躺了下去。他的脸也没有了血色，几乎无法呼吸了。他太饿了，他现在心里就只有这一个想法。小尼尔斯寻遍了矮树丛，把所有可以吃的果子都吃了下去。他走得越来越远，把另外两个人都忘到九霄云外了，直到他们叫他，他才反应过来。

在那个值得纪念的日子里，小尼尔斯是那个被命运眷顾的人，他引起了大伙的注意，大伙都觉得这个小家伙很厉害。有很多人都觉得这孩子和伯恩哈德有关，这样的人还真是很多——小尼尔斯的母亲，一个缝衣服的姑娘麦特，带着烙铁和一张永远说"是"的嘴，往返于这一带——让她付出了代价，在霍布洛车站做苦工，小小年纪就在车站仓库干活。她喜欢音乐，还知道如何吹笛子。可是后来，因为对于那抚养非婚生子的规定中对她提出的要求，她无法忍受，所以她到美国去了，从此没有了音信。

# 睡眠是我们的生命

　　根据一直以来传承下来的习俗，新年那天晚上，卡比农场的年轻人拿着尿壶去敲各家的门，还在门前来回晃悠。当好几户人家都招待了他们以后，他们基本上都有点儿醉了，可是他们又想起来，应该到山那头的农场去看看。

　　之前，湖畔广场的这群年轻人和农场的那户人家发生过冲突，于是，他们想趁机解决这个问题。这群人去年新年时在那边的农场开了个很幼稚的玩笑，可是最后遭到整蛊的反而是他们，使得他们颜面尽失，可是他们那个玩笑也的确开得有点儿过火了。那时刚好是黄昏时分，人们都沉浸在节日的气氛中，农场的人们一早就收工了，开始享用甜粥，一派祥和喜庆。忽然，厨房的门被推开了，从天上掉下来一个染布用的锅，刚巧落在桌子正中央，更加可恶的是，这个染锅里面装的全都是沙土，沙土在染锅落桌的那一刻四散飞舞。正在享用美食的人们这下被呛得不轻，可又一脸迷茫，不知道发生了什么事。过了好长时间，当沙土渐渐落下来，农场的人们一番摸索，才知道这究竟是怎么一回事。这群坏小子当然不可能受到他们的款待，而且，他们还要拿起武器，好好教训一下这帮淘气的家伙。这群坏小子见诡计得逞，就迅速逃离了现场，可是农场主人的儿子们也不是吃素的，他们在后面紧追不舍。这些成年男人跑得飞快，不一会儿就在湖边追上了这群年轻人。眼下，这群年轻人只有下水这一条路可选择了，要不然就只能被抓住。无奈之下，这群年轻人只好往湖里跳。这些要诡计的年轻人可聪明了，事发之前，他们就把可能会发生的情况都考虑到了，他们都穿着长靴子，有的靴子还是木底的，相比之下，农场主人的儿子们的装备就差多了，因为出来得太仓促，他们还穿着室内的袜子和一双木鞋，下水明显是不行的。可是农场主人的儿子们平常的生活过得太舒适了，非常有耐心，最后干脆站在岸边不走了，这一站就是好几个小时，根本没想过离开。那天晚上天特别冷，几乎都快要降霜了。水里的年轻人发现木靴里面已经浸了水，冷得快要受不了了。

而这边农场主人的儿子们呢，可能他们觉得太无聊了，也有可能只是想让身子变得暖和一点儿，他们用力挥动着手中的鞭子和木棒，水面溅起阵阵水花。在风力的作用下，这些水花刚巧都落到了湖中的年轻人身上，把他们的衣服也打湿了。小伙子们瞬间变得特别愤怒，大声抗议。可是农场主人的儿子们对他们不仅没有丝毫的恻隐之心，反倒把地上的石头和土块捡起来，朝水面砸去，一副幸灾乐祸的样子。不久，小伙子们的身上一处干的地方都没有了，他们气得直跳脚。可是农场主人的儿子们像没看到一样，只是看着他们在那里出丑。最后，小伙子们只能举手投降。

每到过节的时候，他们就会因为这件事而受到大家的嘲笑。于是今年他们打定主意，要想个特别厉害的点子，把脸面挣回来。这是一群活力十足、慷慨大度的年轻人，其中有一个人说自己想了个特别好的办法，其他人听后都连声叫好，当时就拍板说就是它了。

假如你想知道这个办法究竟哪里有意思，我们就必须先对在山冈那边居住的农场的人们的特点有所了解。这座农场位于卡比湖北边，和外界毫无联系。这里很久以前是一个农场，只是更靠近西边，可是后来那个农场消失了，只剩下一些破篱笆，上面生长着野玫瑰，一些生长着橄榄的土堆和几株倾斜的西洋李树。而湖东面的卡比村则与这个村子截然不同，特别现代化，人们都还有印象，那个村子现在之所以会发展得这么好，就是因为道路修通了。可是山冈农场的人不这么认为，他们觉得是不可以离开祖宗留下的土地的，否则就是非常卑鄙的行为，于是他们就一直在原地待着，延续着那些古老的、早就应该被淘汰的习俗。他们就这样过着自己的生活，对卡比村的新式街道和新奇的事物根本不感兴趣，可是他们同样生活得很好。

山冈农场的人都特别喜欢睡觉，行动也总是特别缓慢，这种习惯已经到了无人不知、无人不晓的程度。只要有空，他们就会睡觉，反正家里有那么多孩子，活一定会干完，也根本不用请人帮忙。当遇到一定要做的事情时，他们就会哈欠连天，把没有帽檐的帽子缓缓戴上，然后缓缓地开始移动，慢得跟蜗牛一样。他们的头上一直都有床上的稻草和棉絮。他们总是疲惫不堪，似乎一直都想睡觉一样，可能是因为失去了被子的庇护，他们觉得全身发冷，身体抖个不停。他们心里只想着睡觉，当路上有人向他们问好时，他们才非常费劲地把眼皮撑开，可是好一会儿才弄明白自己现在身在何处。吃饭的时候，他们也是一副不清醒的状态，对于他们来说，在白天干农活和做其他事情就像受刑一样。

夏天的时候农场里比较闲，人们就纷纷走到太阳底下去睡觉。无论在哪里，也无论太阳光是不是太刺眼了，他们都全然不顾，只想着睡觉。农场的主人头靠着墙睡着了，他的一个儿子睡在了放磨刀石的角落里，另一个则在马车里面睡，第三个则呈"十"字形在门槛上睡，似乎再多走几步路，他就要魂归西天一样。男人们歪斜地在外面睡，妻女则在里面那屋睡，短暂休息的苍蝇都停留在她们的眼睛上。

　　这座农场的人们睡觉时连身都不想翻，对着太阳的也只是一边的衣服，所以他们的衣服只有那一边会脱色。因为他们太热衷于睡觉了，包括长相都非常特别，这都是睡得太多的缘故。像农场主人的耳朵后面就因为睡觉长了一个特别大的肿瘤，他的妻子也因为睡得太多，脂肪都在那一个地方堆积，导致一边脸高高肿起。他们的孩子的耳朵和脑门上都长出了头发，一般人会觉得这种长相太怪异了，而且非常恐怖，可是他们却觉得这是福相。毋庸置疑，这一定是因为睡得太多了，头发才肆无忌惮地到处生长。农场主人的儿子们个个长得非常高大，身材非常健硕，可是即便是把马车套在马上这么简单的一项工作，他们竟然也需要一个小时才能完成，因为他们早就不记得操作步骤了，最后只好放弃，继续睡觉。即便是在电闪雷鸣的糟糕日子里，他们也可以把铁锹当作枕头，想睡就睡，只要他们心里想，没有哪里是不能睡觉的。

　　毫无疑问，农场的这群人确实落后，不管哪里，都是破败不堪的。房子像是他们的祖先所生活的那个时代就建的，墙壁上砌的依然是粗土坯，屋顶也特别低，连人都站不下，包括日常使用的农具在内，也是其他地方早就不用了的旧样式。举例来说，他们还是用的木制的犁，仅有的一个值得称道的地方就是去年他们终于对短柄镰刀进行了改造，换为了长柄的。事实上，长柄的镰刀更符合他们慵懒的个性，可是他们又不习惯用新式的用具，最后也只好将其搁到一边了。生活在农场里的动物也和这农场一样，一个个羸弱不堪，只有稀稀拉拉的皮毛，牛几乎都无法产奶，马则都是些品种特别差的、特别瘦弱的。一般人会觉得这种生活状况太糟糕了，可是农场的人们却非常知足，他们都不太注重生活品质，觉得这样的生活正合适。妇人们一直都用吊在角落里的大锅煮饭，他们吃的东西也千年不变，始终是黑乎乎的燕麦粥。这是因为很久以前，他们的祖先过着穷困潦倒的生活时，一直都靠这种食物充饥，这些人也就把这个习惯传承了下来，从来没想要改变。而且燕麦粥还被他们煮得既黏又硬，甚至只要甩到墙上，都可以粘在上面，人们只要动动手，就可以直接吃了。假如有人看到这座农场里的人们是怎么生活的，一定会觉得特别讶异，为什么他们老是觉得累，又为什么会觉得未来一点儿希望都没有。

农场主人的大儿子在当兵时，曾经给国王当过侍卫，他的经历非常有意思，假如真要一桩桩一件件拿出来说，估计几天几夜都说不完。军中例行检查时，长官命令他把上衣脱掉，可是他的眼泪竟然流下来了。从当兵的第一天直到最后，他都一直陷在毫无缘由的伤心难过中，做什么都没有力气，而最后退伍的原因那一栏写的竟然是精神恍惚症，听说泪腺也不健康。他的经历让农场的其他孩子忍不住害怕起来，因为他们想到他们也要去当兵，农场里的孩子们因为这件事一直受到人们的奚落。卡比的小伙子们去年被逼得差点儿在湖里冻死，而那些他们眼里的懦夫——农场主人的儿子们，却只是看着他们出丑，还非常有耐心地等着他们求饶，他们觉得自己受到了严重的侮辱，一定要好好地报复一下他们。

卡比的年轻人到达湖对面时还为时尚早，山冈农场里还是灯火通明的。他们一边走一边等，刚好从一座孤孤单单的小房子经过，一个叫玛莲的老寡妇住在这里，为了消磨时间，他们就在寡妇的房子外面给她表演了一段音乐。老寡妇非常兴奋，激动坏了，赶紧走出去向他们表示感谢，祝福他们新年快乐，最后还请他们到屋里喝杯茶。

　　"进来坐会儿吧，虽然这房子有点儿小，可还是挺温暖的。"

　　年轻人一走进去，就看到书桌上放着一本书，还有一副眼镜放在上面。

　　"啊！很抱歉，我这里没什么好东西可以拿出来款待你们！"年轻人进来以后，老寡妇忽然说，"真是太少见了，我这个老婆子住在这里也会接待访客，可是我都没准备什么东西啊。"

　　"您不用这么客气！"领头的年轻人说，"我们带了一瓶酒，您这里有没有面团？"

　　"面团？你们要就着酒吃吗？"

　　"啊，怎么可能！我们只是需要一些软和一点儿的面团！"

　　"哦，面团啊！"玛莲像是觉察到什么一样，用一副洞若观火的语气说，"是用来拿别人开玩笑的吧，这可真是太出乎我的意料了！可以，我会给你们面团的，可是你们能跟我说说，你们要用它粘住什么吗？你们的目标是谁？"

　　这可是最高级别的秘密，对于玛莲提出的这个问题，年轻人都不想回答。玛莲婆婆有很多面团，可是基本上都变得干硬了，上面到处是裂缝。"弄点儿水加热一下吧。"玛莲婆婆想了一会儿，很是高兴说，"啊！那真是太棒了！"年轻人喝酒抽烟的同时，也等着面团变软。

"不知道杂货店有没有关门……"领头的那个年轻人沉吟着说。

"你也不看看现在什么时候了，肯定关门了！"玛莲婆婆非常肯定地说，"一定关门了。"

年轻人没有回答他，而是在想下一步应该怎么办。

"那您有没有纸，可不可以给我们提供一些？"

"有！随便你要多少！可是你们究竟想干什么呀？"

"我们要的不少，可是不是用来写字的。"

"你们来看！"玛莲婆婆一边说，一边把各种纸找出来，有火柴盒外面的纸，有纸袋的纸，不过已经被压平了，可是写字本的纸是最多的。玛莲婆婆一边递给他们纸，一边用洞悉一切的眼神看着他们。尽管她并不知道他们究竟要做什么，可是现在她算是加入其中了。大家商议一番以后，就开始粘这些碎纸片，很快他们手里的碎纸片就变成了一张大纸，这时面团也刚好变软，他们开始正式工作了。玛莲婆婆在一旁看着，慢慢推测出这张大纸究竟有什么用了，可是她却压在心里没有说，因为她觉得，这样这件事才会愈发有意思。她更激动了，心里有克制不住的快感，她把没了牙齿的两排牙龈紧紧咬在一起，不让自己笑出来，全身不停地抖动着，最后终于按捺不住，倒了下去。

这时年轻人已经粘好了大纸，出去侦察"敌情"的年轻人也回来了，山冈农场已经没有灯光了，他们的行动可以开始了。于是他们感谢了玛莲婆婆，并跟她道了别，说了晚安以后就走了。玛莲婆婆只是沉默着把他们送到门口。可是年轻人刚走，屋子里就传出特别大的笑声，即便离得很远，也可以听得很清楚。

他们抵达这座农场时，里面黑漆漆的，什么也看不见，人们都睡得特别死，不用炮轰根本叫不醒他们。可哪怕是这样，这群年轻人依然非常小心。他们用心筹谋了一个小时以后才开始行动，他们只需要把刚粘好的大纸粘在农场里的窗户上面就可以了。幸好这座农场的窗户不多，面积也很小，正对庭院的方向有两扇窗，然后就是橄榄树旁边有一个采光窗户，他们并没有什么工作量。年轻人极其认真，任何一道缝隙他们都没有放过，包括钥匙洞在内。这样一来，光根本就透不进来了。年轻人做完以后就忍着笑，蹑手蹑脚地离开了。

因为是新年夜，前一天，山冈农场的人们很晚才睡，所以他们一直睡到第二天也没有醒。要知道，对于他们来说，睡觉真是太简单了，他们可以一直睡下去，哪怕这些年轻人没有开这种恶意的玩笑。次日下午，这些嗜睡如命的人才一个个醒过来，睁着蒙眬的睡眼环顾四周，发现周围还是黑漆漆的。他们想着，还是晚上呢，于是就翻个身继续睡觉了。又一天过去了，农场主人再一次醒来，发现情况有些不对，这一觉睡的时间好像也太长了，他一边想一边准备出门看看，看天有没有亮。这时刚好是黄昏，他看到外面依然是黑漆漆的，于是他就想当然地觉得自己把时间弄错了，再次回到了卧室。这时，他的孩子们也正好出来了，问父亲现在几点了，农场主人摸索了一会儿说："才七点钟。"要知道，对于冬天来说，早上七点和晚上七点天都是黑漆漆的。

"才七点？"孩子们嘟囔着，"我是不是生病了呀，我已经睡不着了，肚子好饿！"

"是吗？"老父亲劝慰着他们说，"不要影响大家睡觉，你们再试试看还能不能继续睡，等天亮了我再带你们去看看。"

农场主人说完就又躺到床上去睡了。可是他自己也觉得饥肠辘辘，想想又认为是心理因素在捣鬼，一边这样想着，一边又睡着了。这时他的妻子也睡醒了，哈欠连天，可是没过多久，就又进入了梦乡。

一个上了年纪的牧牛人在新年那天晚上来到了农场，并在这里住了下来。他一直都很喜欢这个保持旧有的习惯的农场，所以农场的人也特别热情地接待了他。新年夜那天，牧牛人到了这里，享用了一顿美食以后，还给大家唱了一首歌，以感谢大家对他的款待，之后大家就让他睡在一张折叠床上。很快，他就和大家一起睡着了。那天晚上农场主人看时间的时候，牧牛人只是翻了个身，嘀咕了几句。等大家又一次进入梦乡时，牧牛人也一直安静地睡着。

年轻人在制订计划时，想得很是周全，那些畜生他们也考虑到了，为了让那些畜生不出声，他们专门派人跑到农场里，喂了足够多的饲料给那些牛，以免它们半夜饿的时候叫起来。此外，他们还特别认真地检查了农场的烟囱有没有冒烟。他们的这个计划如此完美，可不能毁在一些小细节上。

山冈农场的人又特别惬意地睡了一晚上，又一天过去后，他们重新醒过来。可是这时的他们非常清醒，肚子也在叫。农场主人摸了一会儿钟表的针，知道现在是八点。他想着，原来我只睡了一个小时而已啊。孩子们睡足以后都特别亢奋，可是令他们纳闷的是，时间过得也太慢了。大家面面相觑，谁都不知道是为什么。他们在黑暗中笑闹着，还像猫咪一样喵喵叫，玩得可高兴了。女孩子们学母牛发出哞哞声，在被子里你踢我，我踢你。老牧牛人也睡醒了，一样充满精神，在折叠床上翻来覆去，还哼着小曲儿，之后他越唱越大声，就像在开演唱会一样。有时，他会吞唾沫，然后就会有特别惬意的声音传出来。农场的孩子们都央求他再给他们唱歌，他有点儿不知所措，因为他觉得现在最适合享受黑夜。在黑夜的掩饰下，那些年轻人越发无所顾忌了，也开着愈加过分的玩笑，让人啼笑皆非。

"不要吵了！"农场主人走到卧室里面，命令着孩子们，"尽管今天是元旦，值得庆祝，可是你们也有点儿过分了！"

孩子们挨训以后都变得安静了。一会儿以后，农场主人恢复了些神智，向身边睡着的妻子吐槽："我肚子好饿啊，口也好渴！"可是他说这话时，把孩子们就在旁边的事给忘到脑后了，他说什么他们都听得一清二楚。果不其然，他的话刚说完，孩子们就变得吵吵嚷嚷了。

可是他的妻子不仅镇静，而且非常讲究原则，在她看来，她自己的丈夫今天有点儿反常。"不要吵了！"她大声斥责旁边的孩子们。可是一会儿以后，却有吃东西的声音传过来。她惊得一蹦三尺高，心想，他们一定在偷吃香肠和羊肉，她迅速跑过去查看，果然被她猜中了！

"你们应该为自己的行为感到羞愧！"她气急败坏地叫道，"你们知道你们在干什么吗？竟然在床上吃火腿？你们真应该找个地缝钻进去！"

听到妈妈这么说，孩子们也觉得自己不应该这么做，都保持着沉默。农场主人的妻子坐起来，忽然也觉得饥肠辘辘，很想吃点儿什么。她宽慰自己："刚刚老头子不也说肚子很饿吗？……元旦这天在床上吃顿早饭，可能说得过去吧。"和丈夫商议一番以后，她摸索着走到厨房，准备拿些吃的东西过来。厨房对于她来说，简直太轻车熟路了，即便黑漆漆的，她也可以行走自如。她把桶栓打开，倒了一大杯啤酒，然后把食物拿上往回走。实事求是地说，在床上躺着吃早点还是挺有意思的，还可以讲讲话，于是，他们就这样一直说着，完全没有停下来的意思，似乎这是他们印象中最快活的一个早晨。大家都说昨晚怎么这么长，似乎一连过了好几天，想想今天应该是元旦了，又互道起节日快乐来。把那些食物吃完以后，大家觉得还想再吃一点儿东西，在得到农场主人的妻子同意后，大家又欢呼着去厨房里取自己喜欢的东西。他们一个个光着脚，又从厨房里拿了很多面包奶酪一类的食物回来，继续大快朵颐。炉子里的火早就熄灭了，屋子里的温度很低。一个女孩想去隔壁弄点儿火过来，可是没有人愿意陪她去。现在肚子是不饿了，可是屋子里有些冷，还得一会儿才会暖和起来，大家都懒得去取火，于是又都进入了梦乡。

第三天傍晚，等他们再次醒过来时，怎么都睡不着了。几个儿子终于走到了外面，看着黑漆漆的天空似乎还会一直这样黑下去，这夜也太漫长了。这时农场主人也把衣服穿上去喂牛。牛正躺在地上反刍，看上去精神状态挺好，马匹也是一副知足的样子。可是，装饲料的箱子却差不多见底了，这也太奇怪了，农场主人一时觉得丈二和尚摸不着头脑，这事也不能告诉别人，难道是妖精所为？假如说出这种话，别人一定会以为他精神失常了。

天还没亮，他们不知道该干吗，好像只能睡觉。可是孩子们说什么都睡不着了，就要求把灯点上，到床上玩牌，可是他们的这个要求却遭到了女主人的反对，干什么一定要点灯啊，有正当理由吗？

可是，要想让这些活力十足的年轻人乖乖躺着那简直是天方夜谭。他们中有人开始扭屁股，其他人也纷纷效仿，不一会儿就笑成一团。老夫妇虽然嘴上斥责孩子们不应该做出这么不雅的动作，可是却笑得前仰后合。女孩子躲在被子里咯咯笑着，那声音似乎来自很远的地下。大家睡的时间都太长了，这时候都非常亢奋。屋子里不断有大笑声传出去，大家都处于非常兴奋的状态，尽管似乎找不到什么值得兴奋的事情。大家就这样在床上笑闹着，永远一副精力过盛的样子。他们像孩子一样拉扯着，有时还会笑个不停。女孩子彼此挠对方的胳肢窝，发出愉悦的笑声，口渴了就喝杯子里的啤酒，之后再想新主意来度过这漫漫长夜。

上了年纪的牧牛人也加入他们嬉笑打闹的队伍中，他先是引吭高歌了一曲，换作平时，他可不会轻易唱这首歌，假如你给他的奖赏只有一个铜板或半截香烟的话。这首歌不太正经，可是和这漆黑的夜晚很是协调。气氛一时间达到了高潮，笑声在整个屋子里回荡。

之后，老牧牛人又给大家出了一个特别有意思的谜语，答案似乎显而易见，可是任凭你怎么努力就是想不到。这个老牧牛人虽然是个残疾人，可是很健康，他在黑暗里比画着，不停地给大家讲故事，可是自己却一脸严肃。那是个特别好听的故事，讲故事的人的声音也特别好听，尽管他已经没有牙齿了，舌头上全是泡，嘴边的胡须也非常浓密，可是他说话的声音却如同清澈的泉水一样。

可是没过多久，老牧牛人就发现他完全是白费口舌，因为孩子们的注意力根本就没在他这儿，都去玩自己的了。他只好安静地躺下来，不停地朝外吐气，那声音就如同打铁前空气被鼓风机送到火炉里面的声音一样。他发现单凭语言是远远不够的，必须有点儿不一样的行动才行，因此他不停地想啊，想啊，要采取点儿什么特别的动作才能让孩子们把目光都放在他身上呢。孩子们还在疯闹着，早就把他给忘到脑后了，至于他在黑暗中做了什么事，也没有人注意，忽然，他的声音在黑暗中响起，就像老山羊发出来的叫声一样。而且，他的手在周围不停地摸索，最后竟抓到了一只麻雀，他把麻雀抓到手里朝这边走，大力地把它扔到床上。

受到惊吓的麻雀拍打着翅膀，拼命想要飞出去，床上的孩子们也被吓坏了，一时间到处是惊慌失措的叫声。忽然，床上又来了个什么东西，仔细一看，原来是一只猫，想过来抓麻雀。这些突如其来的惊吓让女孩子们一时间愣住了，好久才明白过来是怎么回事，又开始在床上疯闹。麻雀趁黑四处跑、跳，发出重重的击打声，猫则张牙舞爪地在后面紧追不舍，因为跑得太急，还和墙壁来了个亲密接触。孩子们忙作一团，好不容易才把这只到处乱跑的猫给抓住了，还差点儿把猫的脖子给扭断了，他们用被子压着它，安抚着它，可是猫却全然不领情，像个炸药桶一样要跳出来，把麻雀咬住。孩子们笑得更厉害了，嗓子都快叫不出来了，虽然很难受，可是还是忍不住叫个不停。而老牧牛人则又躺到床上去了。他原本想和孩子们一起疯闹的，可认真想过以后还是打消了这个念头。他开始学鸟叫，那声音如同布谷鸟发出的满足的咕咕声，特别好听，老牧牛人自己好像一时也忘乎所以了，他几乎把自己当成了一只布谷鸟，正在露水中等着太阳从地平线升起，等着人们苏醒过来，它便再次开始引吭高歌。那声音似乎让人的身上被一股暖暖的阳光所照耀。他就这么一直起劲地叫着，手臂在黑暗中挥舞，他的脑海里忽然涌现出自己年轻时的影像，尽管这些事已经过去太多年了，可是对于他来说，依然弥足珍贵。他的心里似乎吹过一阵风，转瞬间年轻了不少，他继续模仿着鸟的叫声，自我沉醉，好长时间才安静下来，整个人似乎飘在空中，不明白现在究竟在何处。

麻雀给孩子们带来了很多欢乐，现在他们又想找一些其他好玩的东西来，这是有史以来他们最放纵的一次。这时，即便是再微不足道的小事，也可以让他们不停地笑。他们只是需要一个理由持续疯闹下去，至于那些快乐有多么粗俗，他们浑然不在意。孩子们肆无忌惮地叫着、喊着，他们觉得可以这么无所顾忌地疯闹，真是太好了，他们相信这样的快乐可以提升他们的精气神。

那个年龄最小的孩子想让大家看看自己的本事，于是从床上下来，在毛毡上学四肢不健全的老牧牛人走路。他把自己的一条腿绑起来，然后在黑暗中踉踉跄跄地走着，却一点儿声音都没有发出来，达到了一个忘我的境界。农场主人躺在床上，把自己卖牛时所使用的欺诈手段讲给大伙听，可是好像根本没有人感兴趣。他也毫不在意，依然兴致勃勃地说着，要是换作过去，他绝对不可能说这些，可是现在在黑暗的掩护下，他突然就有了胆量，无所顾忌地说了出来，这是他最放松的一刻。在这场疯闹中，只有女主人在旁边静静地看着，她觉得这样会对她女主人的威严有所损害，也不想去阻止他们这么做。她越是观察，越觉得不可思议，她的丈夫像变成了另外一个人一样，孩子们也太疯狂了，就像脱缰的野马一样，到处乱跑乱窜。在她看来，享受快乐并不是生活中的必需，而如今这些人就像疯了一样，似乎这是他们最高兴的一次。

农场的女主人却怎么也无法高兴，她觉得自己的权威受到了挑衅，可如今大家都这么肆无忌惮，她也只能先忍着不发作，等以后再重新把威信树立起来，包括她的丈夫在内，现在他再高兴，到时候也一样要臣服在她的脚下，要不然就只有她哭了。她躺在床上，开始盘算着以后的事情。这时大家都太快乐了，根本没有发现女主人一句话都没有说。

这样一来，他们就和一只在元旦的早晨才醒过来的"丹麦的贺鲁卡"太像了。

他们醒来时已经快到中午了，等他们收拾好以后就一起去了教堂。可是，等他们到那以后，却发现那里冷冷清清的，他们还在想，难道自己来晚了？可是不久他们却发现教堂大门紧闭，他们一时也有点儿糊涂了，这到底是什么情况。

忽然这时出现了一个卡比的年轻人，他特别喜欢多嘴多舌，他见这群人茫然无措的样子，就跟他们说，今天可不是什么元旦，已经是新年的第三天了，他们已经错过了弥撒。这个卡比农场的年轻人还说，一连几天他们都发现他们的屋子里没有炊烟冒出来，大家还以为他们出什么事了呢。小伙子还想接着说，可是山冈农场的人已经待不下去了，道了别就匆匆离开了。一路上，他们的心情都跌到了谷底，没想到他们竟然一连睡了三天，别人年都过完了，先前愉悦的心情也一扫而空。他们的背后传来一阵阵大笑，在山冈农场的人听来，这声音实在是太让人抓狂了，在他们看来，这群人实在太没有教养了。

他们回家以后，对屋子进行了一番仔仔细细的检查，结果只是在窗户上发现一些残留的面团和纸，似乎很早就被人给扯了。其实是这样，那群恶作剧的年轻人在新年的第二天，发现农场里依然安静无比，心里开始害怕，担心这些人真的一觉睡过去就完了，于是就又偷偷地跑过去看。结果他们发现农场里热闹极了，像是在举行一场盛大的晚会一样，所有人都高兴得忘乎所以，震耳欲聋的欢呼声快要把他们的耳膜都震破了，这下他们就放心了，于是笑嘻嘻地把之前粘在窗户上的纸给扯了下来，把"作案"的证据都清除了。

自从发生这件事以后，山冈农场的人再也没有在假期时出现过，每到那个寒冷的节日的晚上到来时，他们就只能在屋子里待着，任凭卡比农场那边欢歌笑语不断。

# 雷犊

　　他的故事就像一个古老的传说。据说他年轻时人高马大，长相帅气，只是有一次不小心从马背上摔下来，把腿摔瘸了，才变成了如今的这副模样。如今还在世的人只记得，他弯腰驼背，只有原本个头的一半高，他一只脚很短，但是全身有使不完的力气。他就像丹麦的历史。

　　他四处漂泊，捡拾东西，非常奇怪。虽然大家都知道他，却又不熟悉他。他没有家，也没有人知道他的家族和姓氏，他好像生活在时间之外。

　　没有人知道他叫什么，只知道他有很多一听就是异教徒的绰号，都是他自己创造出来的。他自称雷犊，于是大家也这么叫他。他的其他绰号还有肥砣、壮马、公羊等，一听就极富青春气息。他的年纪很大，连自己都不知道已经活了多少个年头。他就这么活着，好像永远不会死去。

　　想要弄清楚他的模样，就要设想一个身材壮硕的人，被折成像望远镜那样并排连着的两节。他的身体的宽度大过了长度，胸和背的平均距离至少有两尺。他的胳膊几乎要耷拉到地上，有普通人的腿那么粗。两只黄色的手上布满了肉和细毛，指甲壳坚硬无比，有点儿像角。他走路的时候，左臂下放着一根"丁"字拐杖，右手拿着一根沉甸甸的拐杖，拐杖头上包着铁。他的右脚短了一大截，臀部硬邦邦的。冬天他就穿着一双木鞋，右脚下面钉着一大块铁皮，足有四五指厚。到了夏天，他就赤着右脚，左脚穿普通木鞋。通过这种方法，他才能把长短不一的腿变得几乎一样齐，一瘸一拐地往前走。在希默兰，任何一个人也没有他走的路多。上文说过，他无家可归，只沿着大路四处流浪。这正应了那句老话：腿脚不便的人走的路最多。

雷犊历尽千辛万苦来到一个城里之后，保准不会被认错。他就像一团插上了四条腿的破布，其中有两条还是不一样的木腿。他所经过之处，都能听到石块撞击铁块的声音，还能看到他留下的印痕，因为相比其他的人，他的体重真的是大得惊人。他把自己的所有破烂都装在包袱里，身前身后各挂着一个，走到哪里都带着。任何一个看到他用四条腿这么前进的人，几乎都不敢相信他是个人。他身上穿的那件衣服已经是三四十年前做的了，在这么多岁月里，他总是用不同款式和颜色的布块来缝补它，因此此刻它看起来非常怪异，如同一个五颜六色的店铺。很明显，它不会散发出龙涎香的味道，可是它也有它的独特之处。很多人都对雷犊说，想用一件新衣服来换他身上这件，换回去之后好好收藏，都被他拒绝了。这件奇怪的衣服于他而言，就像毛裘之于毛皮兽，穿在身上无比自在。他的头上戴着一顶有悠久历史的帽子，早已变成了黄色，不知道是哪位祖先传给他的。他用这顶帽子的顶端盛放食品，他的干粮和烟叶都储存在那里。他的背上还背着一个大包袱，里面放着他捡到的宝贝：生了锈的铁块以及各种垃圾。在他的身前，挂着一条面口袋，是白色的，他所有的家产都在里面。这么多年以来，他攒下了不少钱。可以说，他并非无足轻重，这么多年的风吹雨打都在他的脸上留下了痕迹。他有一个目标，相比那些坐在马车上疾驰而过和挥舞着镰刀的人，他活得自在得多。

　　人们总会问自己，作为一个男人，到底要做什么，能做什么。而雷犊能做的，只有两件事：唱歌和摇辘轳——把人放到井下，或者把人从井里拉上来。他希望别人可以给他一些回报，比如金属物件、贝壳纽扣、假钱之类的。说到底，他的这种特殊技能非常简单：他身强力壮，臂膀有力，可以轻易地用辘轳把人在井里吊上吊下。所以，如果有哪口井出了故障，大家都愿意一直等到雷犊进城，让他摇着辘轳把人放下去。雷犊非常可靠，他会来到井边，头垂到肚子上，口水把胡子都打湿了，他只用一只手，就可以把桶送到井下，仿佛桶里根本没有人。他的手有巨大的力气，能抵得上四个大人。不管他走到哪里，都有人想和他开玩笑。有一个关于他的传说是这样的：有一次，一条傻乎乎的狗想要咬他，就在他的身后穷追不舍，还追到了他的铁拐杖能够得着的地方。结果，这条傻狗就被雷犊一拐杖打扁了。不过，雷犊待人非常和气，不会和别人发生争执。

　　他的为人给他带来了不少好处。他是个诗人，经常会自己作词作曲，唱歌给别人听。他的歌既不会讲述悲惨的身世，也不会讲述风花雪月。他的歌曲有不同的等级和长度，他会根据场合的不同来选择不同的歌。如果只给他一块破铁皮、一个铁靴掌或者生锈的钉子，就只能听到一首平淡无奇的歌，一曲终了，只能站在一个繁华世界的大门外向里窥探；但如果给他一颗上等的贝壳扣子、一枚假钱——不再流通的银币，就可以听到一首悠长完整的歌，一曲终了，你不但能够看到这个繁华世界，还能看到里面的各种情景。

由于雷犊总是自己编曲，所以他的演唱方法有些与众不同。他的声音低沉，曲调简单，所以与其说他是在唱歌，倒不如说是在演讲。他唱歌时表情非常丰富，那双灵活的、从来不往下看的眼睛，让他的歌格外有力道。很多听他的歌的人都会觉得非常惊讶。他的歌简单粗暴、露骨大胆，让听歌的人有一种双脚被钉在地上的错觉。他站在农场外面，在周围的男人的簇拥下放声歌唱，这一幕看起来非常奇怪。大家听着他的歌，仿佛着了魔一样，站在那里动也不动。一旦听到雷犊那沉重得几乎听不到的歌变得更加低弱，就会有一个小伙子迅速冲进农场，给他拿来一枚旧钉子或者一颗纽扣，让他继续歌唱。

雷犊对于日常流通的货币根本没有任何欲望，不管这钱有多好，他都没有兴趣。他每年都会雷打不动地去霍布洛的一家铁匠那里一次，将自己捡回来的各种破烂换成钱，只把假币和贝壳扣子，也就是银的、圆的东西留下。如果有人给他现金请他唱歌，他会欣然同意，而且拿出十足的劲头，表示对对方的尊敬。然后，他会用尽全身的力气，将那些难以言说的东西全部唱出来，这歌声就不再是暗淡的微光，而是变成了熊熊燃烧的火焰。

如果雷犊走到一个农场前面开始歌唱，那女人们就会迅速跑得一干二净，如同被大风吹跑了一般。总之，每一个女人都对他畏惧不已，就算他友善地、小心翼翼地对待她们，她们也会在他靠近的时候用眼睛寻找着逃跑的路，随时想要逃走。

可以说，这件事让雷犊伤心不已。对于异性，不管是娇滴滴的小姑娘、挺着大肚子的老婆子，还是牙齿都掉光了的老太婆，他都喜欢。这个人高马大的老瘸子就像一个骑士一样，每当有女人从他身边经过，他就会从破布堆里伸出一只手，在空中乱摸。如果有哪个女人走到了他能够得着的范围，被他摸到了，他就会迅速缩回手，如痴如醉地亲吻自己的手心。他会温柔地摸着女人美丽的裙子，自己一边卑微地爬着，一边用眼睛大胆地看。女人们被他碰到裙子一下，就感觉自己的衣服里钻进了一只耗子，拔腿就跑。如果她是一个将近一百岁的老太婆，雷犊就会向她礼拜，哈哈大笑像一只青蛙一样到处乱蹦。大家都知道，这一幕只能在骑士侠义最发达时代的画上才能看到。

这里要说一句题外话，有人说，雷犊曾经有过一段不幸的感情，但是这句话放在任何一个未婚的老年人身上都是适用的。林毕那个看庄园的老头，山丘地的万恩、尼尔斯·克里斯钦，以及无数与之类似的老光棍和懒汉，都说自己年轻时曾经有过一段不幸的感情，但是他们似乎又可以在别的方面得到一些补偿。看庄园的老头得了羊痫疯；万恩非常狡诈；尼尔斯·克里斯钦跟小店铺的老板德莱斯一样，精神有问题，不过后者在临终之前拥有了一份爱情；懒汉彼得嗜酒如命。于是，他们每个人都有一种嗜好来作为对失去的幸福的补偿。

换言之，雷犊也有一种独特的本领。不过要说明一点，雷犊可不像尼尔斯·克里斯钦那样，用自己的本领来丑化爱情。恰恰相反，他用歌声来赞美爱情，这一点我们在前面已经提到过。他能用专家的口吻和美好的词句来对一些无形的东西进行描述，他好像什么都懂，让人觉得特别舒服。他那干裂的嘴唇能够说出很多优美动听的话，给人的感觉就是即便他是一个瘸子、一个无家可归的人，也比很多人都强。

　　雷犊之所以能够这样超然物外，让人感动，原因就在于虽然他的身体是残疾的，但是他非常健康。虽然他丑陋的外表给他造成了很大的负累，但是他心肠高贵，而且正如大家所知，他热爱自由、热爱自然，生活在广阔的天地里，他的心中只有蚂蚁和云雀，也正因此，他才成了一名诗人。他的血液十分甜蜜，他需要先修饰一下自己的词句，才能开口说话。所以，他总是用谚语和比喻来表达自己，最后开始歌唱。他用的是传统的节拍整齐的韵律，让诗歌的节拍和呼吸的节拍相一致。他很喜欢孩子，走在路上的时候，如果他遇到了一个长相可爱、活泼健壮的孩子，他会伸出大手拍拍孩子圆滚滚的肚子，然后摇头晃脑地笑起来。

　　"糖娃娃，小乖乖，你吃的是糖，你是用糖做成的！你从呱呱坠地开始，就用甜甜的嘴巴吸吮妈妈甜甜的奶头；当你饿了的时候，你会伸出甜甜的小爪子，抓住甜甜的面包，吃进你甜甜的肚子里。笑一个吧，你可真甜啊！"

　　雷犊用自己的大手拍拍孩子圆滚滚的肚子，就让孩子走掉了。孩子哈哈大笑，倒在地上打滚。

　　就这样，雷犊日复一日地流浪在天空下，无论天气如何。夏天他就露宿街头，到了冬天，他才会在大家的劝说之下，到屋子里。到了屋子里，他感觉自己快要窒息了，头上低矮的顶棚好像就压在他的头上。他生来就应该生活在野地里，他在地上爬来爬去，就像大自然里的一幅风景画，又像一块古老的农田。他的帽子就像一座坟墓；眼睛就像阳光照射下的老屋的窗户；头发和胡须就像一大片杂树林；背弓就像一座小山；耳朵就像坟坑；嘴的左右两边各有一个酒窝；漆黑的手臂毛茸茸的，就像草皮一样。他的表情时而和蔼，时而阴沉，时而平静，时而狂躁。

在希默兰，雷犊是最后一个可以用纯正的本地方言说话的人。他的语言十分丰富，具有很强的表现力，他用语言为自己建造了一道围墙，自己只在方言地区流浪。听到有人将"haejsten"读成"haejst"，他会因为这不是自己的本地方言而十分不高兴。日子一天天过去，他的世界也越来越小，倒不是说圈子小了，而是说纯正本地方言的地方少了。他最愿意去的地方，是古老的农场，以及保留着古老习俗的边远地区，那里的人也总是友善地对待他。他其实就是一个老实人，一个被人遗弃的小伙子，没有任何坏心思。在寒冷的冬夜，有人会看在他背着的值钱物件和他埋在附近的物件的分儿上让他留宿。还得顺便说一下，他埋下的东西再也没有见过天日，因为他临死之前并没有把埋东西的地方告诉任何人。一天夜里，他的头脑已经不清醒了，就踉跄着进入了一家农场，陷入了临死之前的昏迷，并在那里终止了流浪。

他曾经深爱过，虽然这份感情以悲剧告终，他变成了瘸子，变成了老废物。可是他的潜意识中有一幅圣洁的画，让他毕生难忘，如今他的意识消失了，那幅画也不见了。那幅画非常壮丽，画的是一个身强体壮的小伙子抬头挺胸，坐在一匹高头大马上。

# 纪斯顿的最后一次旅行

新年刚过去不久，就有消息传来——铁匠家的纪斯顿死了。这个消息让人们大吃一惊。虽然在过去的十几年里，几乎没有人会想起她，但是她的突然离世还是会让人觉得不太自然。在奥尔堡的养老院里，她走完了人生的最后一段旅程，如今，她最亲近的家属克里斯腾·苏昂森不得不安排她的后事。他唯一能做的，就是把她的尸体运回来，葬到铁匠安诺斯和纪斯顿所有孩子的葬身之处。在她的神智还算清醒的时候，她就只有这么一个愿望，这也是祖辈流传下来的处理办法。克里斯腾·苏昂森备好了车，就带着一个小伙子做帮手，一起去收尸。星期二那天，他们就离开农场，朝着八里地之外的奥尔堡进发了。他们的原计划是第二天就回来，进行安葬。

可是他们出发的当晚，天气就变得十分恶劣，东南风猛烈地吹着，还纷纷扬扬地下起了大雪。这场大雪一下就是三天三夜，和风夹在一起，刺得人透心凉。如今，天地间只剩下白茫茫一片，根本什么都看不清。星期三中午，光线稍微亮了一些，大家走到户外，才发现雪已经有一人高了。寒风刺骨，天地间一片苍茫。

下午两点钟，牧师艰难地来到了教堂，看到了十几个来自本教区的人。他们在教堂门道外面的角落里，缩成一团，感觉自己快要被冻死了。牧师见尸体还没有运到，就加入他们中间，聊起天来。他们站在钟楼下面，紧紧地挨在一起，飞舞的雪花让他们根本无法看到对方。风把雪花吹起来，吹到房子那么高的位置，从教堂那人迹罕至的坟园飞过去。园子里分布着很多雪堆，从雪顶上隐约能看到露出来一节铁十字架。

"我敢说他们一定回不来。"约恩·波尔斯说。

"是的，回不来。"商店老板用湿手巾捂着嘴说，"路和沟都被雪埋住了，根本没法走。"

在他们头上，风雪肆意地呼啸着，吹过塔顶钟楼顶部的空洞，发出一种悲凉的呲呲声。

上了年纪的牧师倒是非常镇定。不一会儿，教堂的文书踏着雪来了，他上气不接下气，好像要冻僵了。大家全都跑到教堂门口的过道，关上教堂门，躲在那里又等了一个小时，几乎要冻死了。负责挖坟坑的约恩·波尔斯又跑到了坟坑，把里面的雪铲出来。他们还派了一个人去克里斯腾·苏昂森家打探消息。此时天色已晚，剩下的几个人站在光线暗淡的过道里，从门缝看着外面的情况。雪从门缝飘了进来，冻得人直哆嗦。现在，厚厚的积雪将外面的坟地盖得严严实实，天也更黑了。由于寒冷，每个人都瑟缩着。

"这还是第一次见呢！"其中一个人沮丧地自言自语，他吸着鼻子，不停地跺脚和摇头，"以前可从来没有见过这种坏天气，天啊，你怎么下个没完呢？"

去打探消息的人终于回来了，克里斯腾·苏昂森和那个帮手根本就没有回来，家人也不知道他的任何消息。于是，牧师宣布葬礼推迟，文书锁上了教堂的门，吃惊不已的大伙只能各自回家去。

星期三晚上，又是一整夜的狂风暴雪。克里斯腾·苏昂森的家人彻夜未眠，在家里等他，但是仍然没有等到他。星期四的时候，雪小了一点儿，但是风还是肆虐着，刮得雪满地都是。雪堆足有镇上的粮仓那么高，地上根本看不到任何路。人们见雪小了，就带着扫帚出来扫雪，但也只是在做无用功，因为没有人会在这种天气里逛街。星期四晚上，克里斯腾·苏昂森的家人又是彻夜未眠，桌子上放着给参加葬礼的客人准备的食物。老婆子收不到任何消息，只感觉心惊肉跳。

星期五，人们迎来了一个前所未有的坏天气。狂风肆虐，雪花漫天飞舞，光线无法透过雪花照射到地面，于是天地间一片漆黑，大家只好待在屋子里。门前的雪堵住了房门，大家没办法，只好从天窗爬出来，去给牲口添加饲料。这两天，人们之间没有任何往来，可以说所有的问话都终止了。

但是，现在所有人都知道，纪斯顿现在正在来镇子的路上。他们都在担心那辆车和那口棺材，担心在这样的暴风雪天气，他们如何在奥尔堡大道上穿行。星期四，一个顾客累得半死，才好不容易来到了杂货店。星期五，杂货店里一个人都没有。这一天，整个镇子和教区都非常荒凉。

星期五，两个人在雪堆里相逢了，这堆雪足有他们的脖子那么高。

"是谁啊？"一个人问。

"是我。"

"是您啊，小医生，您还能喘得过气吗？"

这两个人一个是艾立克森大夫，另一个是尼尔斯·李夫。后者今年已经六十九岁高龄了，却像个小男孩一样，坐在雪地里高兴地闹着。他笑着喊出了刚才说的那几句话，艾立克森大夫压根没有看到他在哪里。

"天下麦子了！"尼尔斯·李夫高兴地说，"您感觉到没有？我的意思是下雪啊！小大夫，您说现在纪斯顿到哪里了？我早就告诉了克里斯腾·苏昂森，说一场大雪即将到来，让他带上雪橇，可是他觉得我废话连篇，执意要驾马车去。小大夫，你看咱俩，什么天气都得出门，上帝保佑呀！"

尼尔斯·李夫哈哈大笑着，消失在了雪中。他两只胳膊分别夹着一个粗面面包，走向一个小农户家。他突然想起，也许穷人家早已没有任何食物了。

星期六早上，天气是前所未有的晴朗，和煦的阳光照射着大地。人们走出家门，爬上雪堆到处张望，几乎无法认出自己的镇子和周围的一切了。有的雪堆足有二十多尺高，站在上面环顾四周，感觉非常奇妙。有些人家直接把雪堆到了房梁位置。

田野也完全变了一副模样，所有的山丘和土包都被积雪覆盖了，变得十分平整，而平地上却凭空出现了很多雪堆。视线所及之处，一切都改变了模样，大地上覆盖着皑皑白雪，像波浪一样褶皱着，如同刚刚经历了一场惨烈的战争。放眼望去，整个教区都布满了雪堆。阳光就洒落在这幅乱糟糟的图画上。在半里地之外，有一个人正走在荒原上，像一只黑色的蚂蚁那么渺小。

一大早，扫雪的人就聚集到了酒店周围，今天可不愁没活干了。几乎全城的人都会集到了这里。尼尔斯·李夫自然也不甘落后，他穿着木头靴子，扛着铁锹，像一匹撒欢的小马驹一样高兴。

他年轻时，扫雪是一件充满乐趣的事情，就像一个美好的节日。

现在大家都说，克里斯腾·苏昂森已经带着尸体走到了距离小镇一里的地方，已经到了弗莱斯堡酒店靠近我们的那一边。不过，因为他需要在前进的同时清理积雪，所以无法在中午之前赶到镇上。

在这三天里，人们一边焦急地等待着克里斯腾·苏昂森，一边把他想象成了神话人物。这三个二十四小时实在是太漫长了！由于无法收到外界的任何消息，有关带着尸体走在路上的克里斯腾·苏昂森的传说就越传越多。谁都不知道是谁在今天早上带来的这个消息，反正消息是传来了。这个消息很简单，就是克里斯腾·苏昂森已经到了距离小镇一里的地方，他前面还有很多人在铲雪。

这真是一个惊心动魄的时刻。迎接尸体的方式非常自然，整个镇子和教区的人都来了。现在，克里斯腾·苏昂森带着纪斯顿回到了镇上。星期六的整个上午，镇子上都弥漫着一种强烈的气氛。扫雪的人从城北开始，不停地朝着北面行进。被雪覆盖的他们用力地将雪铲向两旁，从远处看起来，就好像是雪自己飞走的。

又有消息传来，说克里斯腾·苏昂森已经到了帕尔·阿勒俄普山坡的这一边，走进了镇子北面的山沟。

在这条山沟里，大道一路向下延展，最后就不见了。大道上有一块里程碑，上面写着这样几个字：距离奥尔堡八里。在这里，镇上的扫雪队伍和拉着棺材的马车碰面了。上百人从霍纳姆城就开始为克里斯腾·苏昂森扫雪，现在他们站在大道两边，把雪铲插在地上，目送着克里斯腾·苏昂森驾着马车经过他们面前。克里斯腾·苏昂森一边前进，一边跟两侧的人打招呼，他总算是回到自己的地盘了！他没有说话，只是将手伸向包围自己的那些人。

"克里斯腾，这辆车不是你那辆吧？"

　　"不是的，走到尼伯的时候，车就断了轴，现在这一辆是租的。"这是一辆有弹簧的车，很多人围着它看，发现轱辘上的雪都被冻得硬邦邦的了。这辆漂亮的车被雪包裹起来了，如同一辆雪车。车上的棺材上也落满了雪，冻得非常结实，很难掉下木板。克里斯腾·苏昂森的马有气无力地站在挽套里，还能勉强辨认出来。但是克里斯腾·苏昂森就很难辨认了，他头昏脑涨，声音也变了，不停地哆嗦着。他用手拍打着手上的雪花，膝盖埋在雪里，漫不经心地说着话，并没有说什么特别的东西。要说他现在头脑不清醒也不准确，大家在距离很远的地方就能闻到他身上散发出的浓烈的酒味。他的周围有一种让人不安的宁静。他就像一架机器一样，站在那里没有任何感情地说着。他靠着轮子站着，大家都能看到他烧得绯红的脸。虽然他现在由于酒精和寒冷的双重作用，困得几乎睁不开眼了，也快冻僵了，但他还是尽量详细地说着，好让大家都能听懂。他累极了，站着站着就滑倒了，声音也越来越小，最后变成了呓语。他点着头，打起了盹。

　　"我们该继续前进了吧？"安诺斯·尼尔森看着他说，"克里斯腾，我们要停在这里吗？"

　　克里斯腾·苏昂森听到他的话，迅速来了精神，如同刚刚结束冬眠一样，翻身上了马，运尸的车子继续前行。克里斯腾·苏昂森又滔滔不绝地讲了起来。等他们走到铁匠所住的那个山坡上，一眼就能看到镇子的时候，他们和一群穿丧服的人相遇了。现在克里斯腾·苏昂森已经恢复了精神，就大声地把这段漫长的旅程详细地重讲了一遍。他的帮工小伙子也疲惫不堪，他蹒跚地走到后面，跟另外一些人讲了起来。他虽然看起来不太高兴，却也想把所有事情都说明白。他就像被审问一样，把路上经历的一切交代得清清楚楚。现在他哑了嗓子，但他却毫无办法。好在他们已经挨过了最难的时期，即将到家了。

根据这两个疲惫不堪的人的描述，大家大致了解了这件事情的整个过程。星期二下午，也就是暴风雪刚开始的时候，克里斯腾·苏昂森赶到了奥尔堡。次日一早，暴风雪肆虐，虽然他们连马耳朵都看不清了，却坚持拉着尸体上路了。遇到第一家酒店的时候，他们被迫停了下来，直到感觉天色稍微亮了一些，他们才又继续上路。就这样，他们走走停停，离开一家酒店，再来到下一家酒店。虽然克里斯腾·苏昂森不是个没有能力的人，但他此刻毫无办法。他们这一路非常艰难，找不到路，也找不到方向，后来压根不知道自己是在哪里，是什么时候了。有好几次，他们都陷在雪里动弹不得，只能请别人帮忙把他们推出来。由于天气太过寒冷，他们的意识有些不清醒，甚至已经忘记了某段路是怎么走的，感觉自己就像在梦游。星期四那天，他们差点儿丢了命。因为周围一个人都没有，他们又陷在荒野里动弹不得。走到尼伯南面的时候，他们跌进了沟里，把车摔散了架，尸体也从棺材里掉了出来。当时他们觉得，这下完蛋了，没想到有人出手相助，还从尼伯重新弄了一辆车子。

"所以我们就喝了酒，"克里斯腾·苏昂森内疚地说，但他对此并不后悔，"因为我们一定要把这段路走下来。要是没有那些酒，我们已经死了好几次了。我还可以勉强支撑，但是我的帮手安东有几次困得根本走不了了。我只好用一只手赶车，用另一只手不停地摇晃他，免得他睡着了。"

由于有人已经事先去通知了牧师，所以拉尸体的车刚进入教堂的坟地，葬礼就开始了。有很多人来参加了葬礼，这应该是人数最多的一次。这其中的原因有两个：一是有很多人认识铁匠家的纪斯顿，二是很多人对她这一段艰难的旅程很感兴趣。

棺材被拉进教堂，放在布道坛前面的地上。附近的妇女们一个接一个地走上前进献花圈。克里斯腾·苏昂森感激地从她们手里接过花圈，摆放在棺材四周。进入教堂之后，他就觉得全身冒热气，他的秃头也热乎乎的，眼睛好像要爆炸。他似乎连自己都不认识了。教堂里的人大都沉默着，或者小声说话，他却像在一个不需要敬奉神灵的地方，毫无顾忌地大声说话。

"非常感谢！"他对一个手持花圈的老妇人说，"你居然还记着纪斯顿，真是太了不起了。她确实是一个值得尊敬的人，谢谢你能送花圈来。"

大家都在教堂里等着，过了半天，牧师才姗姗来迟。教堂里的人实在太多了，如同挤在一艘向一侧倾倒的船上。不管是墙面还是地面，到处都冷冰冰的，他们用套着靴子的脚不停踢打着地板，好让自己知道靴子还在脚上。

"你们想不想看看尸体？"克里斯腾·苏昂森兴奋地说，"想看的话是可以看的。"

克里斯腾从棺材上取下了十字架形的钉子，打开棺材盖，平静地低声嘟囔道：

"看吧，她躺得很体面。"

克里斯腾站在棺材盖旁，一言不发。别人都凑到棺材边，看着里面那颗黄色的小脑袋。围观者中那些年长的人，与纪斯顿有过同样的生活和命运的人，都默默地注视着她的遗体。但是他们想起的却是二十岁的纪斯顿，她有着金黄色的头发和温柔的目光。中年人看到她，想起的是一个身材健壮、乐于助人的寡妇。小孩们看到她，只知道是用白色尸衣裹着的什么东西。

等到克里斯腾·苏昂森觉得大家都已经看够了，才轻轻地把一只手放在了死者脸上。

纪斯顿的鼻子上有一个地方有些肿，克里斯腾不安地解释道，这是不小心把她摔到地上的时候造成的，它现在有点儿歪。

他轻轻地扶正了她那略微有点儿歪的鼻子，轻轻地拍打着它。它是在漫天风雪中，在看不到路的大道上，在他对已经过世的她的爱的驱使下运回来的。可是，他还是不停地说着，时而吸一下鼻子，眨一眨肿起的眼泡。

"你们都认识她，知道她是我们记忆中的那个纪斯顿。可是我觉得她缩小了很多，我抱着她的时候，感觉她毫无重量。麦特·玛丽亚，过来看看她吧，别害怕。因为她缩小了这么多，所以我给她买的是大人的棺材中的最小号。她躺在那里还是那么漂亮，我需要给她在棺材里放一个花圈吗？"

在牧师到来之前，克里斯腾不停地絮叨着，每个听到他的话的人都觉得痛心无比。平日里，克里斯腾对自己的言行举止是非常上心的，对四周的场合也很敏感，这还是他第一次当着大家的面说这么多话。三天的劳累和风雪，似乎让他被剥掉了一层皮，所以大家现在都想让他尽情地发泄一下。

下葬仪式在有条不紊地进行着，纪斯顿被埋进了僵硬的地里，跟她的亲人们在一起。现在，雪地里又多出了一个黑色的坟茔。

从此之后，她会长眠于此，这个善良的纪斯顿，这个铁匠的妻子，被放进了坟坑里。以前她总是抬走别人，如今她自己也被抬走了。这个乐于助人的人，这个总是出现在孕妇和临终之人床前的人，现在被抬走了。这个脚踏实地、信心满满的人，这个总是同情地注视着自己亲人的人，现在躺下了。

曾经，纪斯顿布满皱纹的脸上满是热忱，可是现在别人已经看不到了。她心中的谦卑，经历了人间沧桑留下的宝贵财富，都成了别人的回忆。

现在，纪斯顿回到了死去的亲人身边，跟那些再也起不来的农民，跟那些祈求她的宽恕、只在十字架上写着自己出生和死亡的地方都是葛洛布里的人在一起了。每个老人都会被这样的问题困扰，压得心里沉甸甸的，但是纪斯顿现在完美地解决了这个问题。她被埋葬到了地下，这个问题就不复存在了。现在，她什么都不用相信了，也不用时刻谨记自己的使命了。她已经躺进了土里，接受了人们的祷告和赞美诗。

但是，克里斯腾·苏昂森在此之前，就被安诺斯·尼尔森带走了。安诺斯·尼尔森挽住他的胳膊，他就顺从地跟着走了。

很快，他们就走到了大道上，克里斯腾·苏昂森的脚不停地颤抖着，安诺斯·尼尔森只好把他背起来。克里斯腾·苏昂森伏在他的背上，一边胡言乱语，一边强忍着睡意。回到农场时，克里斯腾·苏昂森已经像一摊泥一样了，可是他的脚还在颤抖着。他刚进家门，就做出一个歉意的表情，在安诺斯·尼尔森脚下沉沉睡去。

他的表情变得十分安详。

# 法尔绪的教堂

我十一岁的时候，就成了镇上各个野族的副总指挥，我的大哥是酋长。我们的日子有点儿类似印第安人，但是我们当时对古柏和笛福一无所知。我们和野人一样，总是跟别的氏族，比如斯沃尔德鲁普或斯汶厄比尔格的孩子爆发冲突。当然，我们也和印第安人一样有克星，我们很害怕他们，总是笑容可掬地应付他们。印第安人的克星是"大神灵"，而我们的克星是加和学校。在给这些贪婪的神灵献祭（故意装出正经的模样，或者偷看着桌子下面的课本背诵课文）完毕之后，我们就拿着弓箭，跑到法尔绪城外的沼泽地和长满杂树的野地里。我们经常会冒着生命危险，爬到一个会漂的东西上，渡到泥灰坑里玩耍，我们的足迹遍布了每一个泥灰坑。我们也经常会爬到树上，远眺四周的风景，每一棵树都爬过。

但是，没有任何地方，或者说没有任何教堂的钟楼会像法尔绪教堂的钟楼一样，让我们觉得害怕。有一次，我的大哥爬到了楼尖上，触摸到了上面那个像公鸡一样的风标。至于我们其他人，最多就能爬到距离顶层屋檐还有一段距离的墙洞里。我们待在那里，忐忑地看着他爬到几乎看不到的高处。我还记得，他似乎很看不起我们这些胆小鬼，嘴里不停地念叨着什么。与此同时，他用手抓住因为日久年深而变得十分松脆的砖，缓缓地爬下螺旋形的梯子，我看到，他面色苍白，衬得脸上的雀斑好像锈点一样。我对他当时的眩晕感同身受，心也怦怦直跳。在距离钟楼很远的下方，站着很多女学生，其中有一个叫莉妮的，正挥舞着她手里那个帆布袋。在我们整个氏族里，她是最温柔的。有那么一两次，我轻轻地打过她，当然我也知道，我不可以对她有非分之想，因为我的大哥喜欢她。为了引起她的注意，我大哥总会耍弄一下危险的招数，他会为了吸引她的目光，在寒冷的冬天跳进冰里，再偷偷找地方烘干衣服。

楼顶上有一块很小的活板门，它的上面就是拱形部分，下面是漆黑的。在我们爬得高高的，钻进拱形部分和铁皮顶之间这块狭窄的地方时，就恰好位于唱诗班头顶。这里放着一具老棺材，上面盖着一层皮子。墙上有一扇玻璃窗，是绿色的。这里的墙和这具棺材让这里阴森森的，每次我们来到这里都非常害怕。我大哥却会大叫着"呸！呸！"，与此同时，他的一头红发都竖立起来，发出响声，很像人的叹气声。

我记得，我是部落里的铁匠。以前我们的箭头上安的是蜡块，但是经过我的改进，我们用钉子代替了蜡块；我还发明了一种新型的风筝，并对弓进行了改良。突然有一天，我遭遇了一件事，它让我放弃了当铁匠，转而开始用眼睛观察一切。

那是夏日的一天，法尔绪突然来了两个年轻的画家。我认识其中的一个人，他是托洛普的汉斯·多勒俄普。我对他毫无信心，因为我觉得自己身边是不会出现什么大人物的。至于另外一个，我完全不认识。他们只在镇上停留了几个小时就走了，我见到他们的时间也很短暂。我接到消息的时候，正坐在房顶上扎风筝，突然听到有人说镇上来了两个大人物，正在教堂附近。我迅速从房顶上爬下来，此时这两个画家已经来到了我家屋外的路上，正准备离开，不过，他们还是把素描本递给了我的父亲。就这样，我看到了这个陌生人和他的本子，看到他的本子上画的法尔绪教堂。这一下，他给我留下了深刻的印象。他身材瘦削，昂首挺胸，脸上似乎没有任何多余的东西，轮廓简单，头发和胡子也非常简单。他没有得意扬扬，也没有微笑，只是默默地站着。显然，他不是大人物，也没什么钱，但他看起来神气十足。他打扮得很气派，有漂亮的表链，鞋子上有很宽的带子。根据他的鞋后跟在地上留下的痕迹，我能判断出他的鞋跟上没有钉上防止磨损的铁片。他戴着一顶难以形容的天蓝色的帽子，可是帽子盖不太好，随便一阵来自城市的风就能把它吹走，而他就是来自城市。

还是说回素描本吧。这个帅气的画家见我似乎很有兴趣，就将素描本递到我面前，让我看看他给教堂画的素描。天啊，他真的画下了这个教堂。我哈哈大笑起来。

十五分钟后，汉斯·多勒俄普离开了。四周十分寂静，甚至有些荒凉，我刮掉自己木鞋上的泥，想做个好人。过了一个小时，我就把纸笔都准备好了。我的第一个素描本给我带来了此生最大的喜悦，我迅速去画教堂了。

我对画家的素描感到震惊的是，它是从一个犄角画的，而且它还是我们的教堂。我永远不会对一个陌生教堂的素描心生羡慕，因为那幅画背后的事是发生在远方的怪事。以前我们想要画东西的时候，总会和原始人画鹿角一样，只画侧面。现在我才明白，我们还可以画空间。我感觉，我的身上出现了一种新的审视力。

实际上，从那天开始，我的身上就出现了一种绵延不断的追求艺术的热忱，我想用自己的眼睛去看这个世界，去拥有这个世界，希望得到一种信念，一切都是那么美好。岁月让我知道了事物的有限性，也让我知道了人的能力是有限的。然而，这些渴求都很有生命力，直至今日还和当初一样，没有削弱。如今我已不再年轻，也不对任何事都兴奋不已。之后，我和艺术家交往频繁，但和艺术的接触却并不多。我应该在恨和其他的罪恶情感方面表示自责，也受到了孤立。可是我感觉到孤独的原因，只是因为我被一种疯狂的、伟大的意识控制了。当时，我像一个神明一样，非常能够容忍别人，可以原谅任何事情。我被阳光下所有的东西吸引着，而且很快，我就看到了颜色的奇迹，感觉非常欢乐。我创造光明，沉浸在绿色的世界，沐浴在蓝色里，不知疲倦地用眼去吸收红色。我都是信手涂鸦，画得很不完美。可是一旦着手画画，我就会从很远的地方赶回家去完成。我经常在夜半时分从睡梦中醒来，带着我的画赶到宁静的夏夜里去观看。在一片宁谧之中，只有高悬在天空中的星星向我眨着眼，我心里闪动着各种颜色。

转眼间，十九年过去，我的故事也进入了新一篇章。

我来到了芝加哥，一天晚上，我跟着一位朋友去拜访一位入籍芝加哥的丹麦人——奥尔伯尔先生，在他那里我受到了热情的招待。饭后，他跟我们一起聊天。我敏感地察觉到，他对不平凡的事物和大家追捧的事物有很高的鉴赏力。在他的墙上，我看到了几幅油画。他说，他曾经也搞过艺术。当他听说我来自勒格斯特地区的时候，他对我们说，那附近的托洛普农场在一场大火中化为了灰烬。

"托洛普！想必延斯·多勒俄普会非常难过。"我说。

"你认识延斯·多勒俄普？那他的哥哥汉斯·多勒俄普你也认识吧？"

"认识啊！他的夙愿就是成为一个画家，但是在1885年的时候他因为胆囊炎去世了，他和我父亲是朋友。"

"没错，他去世了，我在美术学院的时候，和他是同学。有一年夏天，就是他临死之前的那一年，我去看过他。那里真是十分荒凉！我们在那附近闲逛，写生。到了一个镇子，我们还画了当地的一座宏伟的教堂，叫什么城来着？"

"法尔绪。"我说。

奥尔伯尔先生盯着我看，我突然认出了他。没错，他就是我在十九年前见过的那位画家。

"那年夏天你戴的是蓝帽子！"

"可能我真的有过一顶蓝帽子！那座教堂历史悠久，非常有趣，我想那个素描本还在，不记得放在了哪里。那里虽然荒凉，却很独特。那里有很多……"

奥尔伯尔先生一边眨着眼睛，一边若有所思地说。我知道，他说的正是法尔绪附近的景象。他感受到了那附近的景物的淡若无痕的情调，掌握了漫长的大道附近被人遗忘的事物和那片天空下的荒漠特有的灰暗气氛。

"那座教堂孤单地矗立在那里，非常好笑。"奥尔伯尔先生用他那像哲学家一样的语调缓慢地说，"连一棵树都没有，也没有人想过要对它进行装饰。坟园里有几个歪七扭八的十字架，有铁的，也有木头的。四周有很多用笨重的大石头砌成的沟。还有那道门，或者说门槛，尤其是冒尖的那个，没有经过任何美化，看起来好像要张嘴咬你。很棒，"他用英语说，"非常棒，我很想也修建那样的一座教堂，矗立在那里，给人的感觉就是它受到了侵犯。你明白我的意思吗？然后在它上面安上一些僵硬的云朵，无论多大的风都无法把它们吹走。"

几天后，那个素描本找到了，奥尔伯尔先生亲手把它递给我，他的手和脖子的动作跟十九年前如出一辙。我再次翻看起这个素描本，好像与上次之间并没有间隔十九年，真是神奇！

就是它，我们经常钻进钻出的老钟楼，它极富耐心。就是那口老钟，每当我们用石块砸它，它就会发出奇怪的声音，吓得我们一哄而散。还有一些坟，我们经常在里面玩耍，还会躺在中间，闻花的香味。这边是教堂附近的那条沟，我们总是在沟边互相追逐。还有一些十字架，虽然我们认识上面的字，还一起读过，却从来没有摸过它们。我还看到了教堂的内部，那里的砖地一点儿都不平坦。我们被带到那里受洗，穿着深蓝色的毛料长袍和软鞋，站在克拉牧师面前，等着他主持坚信礼的仪式。如今他已经被埋进了土里，享受真正的永恒去了。

我认识的大部分老人都已经去世了。当年把我的存在箍在一起的环已经断了，古老的农民习俗也一去不返。当年那布满皱纹的脸上透出的温暖，如今该去何处寻找？那些藏在人的内心中的很有人情味的东西包含的谦卑和智慧之宝，如今又该去何处寻找？那些上了年纪的老年人曾经表达过歉意，如今他们的名字刻在十字架上，说他们叫玛恩·延斯道蒂尔或者格里厄斯·安诺斯，生于法尔绪，死在法尔绪。那些逞强好斗、没有任何幸福感的老人也葬在这里。他们唯一知道的就是法尔绪这片了无情趣的土地，他们根本不知道外面的世界是什么样子。唯一能让他们获得解脱的，就是在这座孤单凄凉的教堂里祈祷。他们就像奴隶一样，坐在椅子上摇头叹息，让自己通过可悲的歌颂获得解脱。这里躺着一些死前生活困苦，生活被扭曲的人；这里躺着一些生活悲惨，一生被生活的不平所折磨的人；那些在艰辛中挣扎的灵魂，如今都被一抔泥土掩埋。这些灵魂还没来得及泯灭，就被生活折磨得失去了色彩。这里还安葬着一些如同飞奔的山羊一样累死的人，他们的生活充满了绝望，他们那压抑不住的即将爆发的天性，变成了玻璃瓶里的一条虹，最终像烟火一样猛烈地爆发出来。

他们都曾从这座教堂前面经过，在这座教堂里接受了坚信礼，举行了婚礼和葬礼。他们小时候曾经在教堂的坟园里嬉戏，长大之后，他们离开了坟园，把它彻底遗忘了。等他们年老了，才又重新走进坟园，默默地哭泣着。他们一有机会就会自问，死后到底是怎样的，后来，这个问题结束了。一些人站在那里，默默思考着以后会怎样，完全忘记了自己还有某些光荣的地方。教堂的钟楼默默地矗立在那里，为人们记住他们的光荣。

# 温柔的你却有力量（波儿）

　　这已经是很多年前的故事了，可是的确有讲的必要，因为这个故事非常有意思。

　　年方十九岁的蔺草工人西伦的女儿波儿，要嫁作人妇了。可是那个即将和她结婚的男人，她连一次面都没有见过。说来这件事也很简单，蔺草工人的堂兄生活在美国，而和波儿结婚的对象就是他的儿子。要感谢别人的介绍，才有了这段姻缘。尽管他们从一开始就没有听取波儿的意见，可是波儿从心底来说，对这桩婚事还是很满意的。她的未婚夫叫贾斯·安塔逊，尽管她只看过他一张照片，可是也明显发现他是一个非常帅气的小伙子。尽管他的名字听上去很怪，可是波儿却很喜欢，假如用丹麦语念出来，应该是"卡尔"。他是在她的家乡出生的，波儿觉得两人更加亲切了。他非常富裕，在美国的内布拉斯加拥有五千平方公里的土地，这也太厉害了，完全是一等一的富豪啊！对于这桩婚事，两家人都非常满意，任谁都没有想到，最后的幸运儿会是波儿。她有一张专业摄影师给他拍摄的照片，照片下面全是外文，她每天都会拿在手里端详。照片上的人五官清秀，穿着很正式的衣服，专门把洁白的衣领露了出来，头发也梳得很光滑，从长相来看，他和波儿的伯父约文长得很像。可是就是这样一个杰出又有钱的外国人，却马上要和她结婚了，波儿总觉得像做梦一样，觉得自己不配嫁给他，或者假如他不要求她天天跟他说"我爱你"一类的话，那就更好了……

"啊！这个人实在是太可怕了！"波儿每天都沉浸在这样的想象中，忽然又害怕起来。她觉得自己应该有所反应才行，或者吓得一蹦三尺高，或者笑得前仰后合。可是，她终归只有十九岁，最后她变得羞赧，和自己生闷气。她把脖子上的珍珠链子取下来，拼命往家里那条老狗身上砸，以宣泄自己的情绪。狗气得狂吠却不敢反抗，只好气愤地离开了。小时候，波儿喜欢把刚开的花朵摘回来，可是她长大了，再这样做就欠妥了。她一个人在牛舍里待着，和牛说着什么，还给它唱歌，可是老牛却对她视而不见，独自走到里间去了。实在是百无聊赖时，波儿还会把食物拿出来，进行模拟游戏。让蔬菜和面包扮演护卫的骑兵，或者把面团搓成小丸子的形状，把苍蝇吸引过来，或者用围巾装扮自己扮演老婆婆，像老婆婆那样不厌其烦地说着话。这些迹象无一例外地显示，波儿恋爱了。

波儿是家里仅有的一个女儿，她的母亲很早就去世了，其他的孩子也早早出去上班了。他们的房子离周边其他的房子都比较远。家里的活儿也很少，只需要把老母牛和自己的老父亲照顾好就行了。波儿有很多空闲时间，所以会情不自禁地开始畅想今后的婚姻生活。还有四个月才结婚，不，只有四个月了，要不明天就结了吧，不，还是再等等吧——"这可如何是好，这可如何是好？我心里好怕！"

波儿害怕结婚，只要一提到这茬，她的心就会怦怦直跳，就像要离开胸膛一样。她不断地想着，如何才能让那个外国男人对自己欲罢不能，可是波儿越想越觉得没有底气，她既没有什么经济基础，好像也没有什么特长。不管她多么努力地想，都想不出来自己好在哪儿，她愈发觉得气愤，通常会扔掉手中的物品。她大口呼吸，继续沉浸在自己的想象中，可是忽然间，她又觉得太荒谬了，想这些有什么用呢？她就像市场上的猪肉一样。没错，如果只看她的体形的话，这样比喻也还算恰当。波儿愈发觉得左右摇摆不定，高兴的同时又开始难过。她只要一想到自己的体重，就觉得难以呼吸，她都胖得可以和飞雅女巨人相提并论了，对于女人来说，这也太让人难过了。

波儿有一把好力气，像一个女巨人一样，任何东西她都举得起来。她的四肢非常有力，背上的肌肉也非常健硕，她只要把双腿打开，再使把劲，轻轻松松就可以举起一百千克的黑麦袋子。可是如今，她却对此感到很自卑，不，还有更悲催的，因为她曾经试着举过一头牛，想看看是不是还可以更难堪，可是她举起来了。波儿心下了然，为此她觉得一点儿信心都没有了，女孩子和大力士有关联可是一点儿好处都没有的。但实际上，她不但力大十足，而且身材也和大力士很像。她长得很健壮，看起来很是魁梧。她为自己的身材感到羞愧，也从来没想过恋爱，因为她再清楚不过，恋爱离她太远了。如今她觉得焦头烂额的是，她满身都是不足之处，如何面对新郎呢？

此外，还有一件事波儿很担心，那件事是因为一种观念产生的。波儿担心在婚礼上自己的表现会不尽如人意，如果在教会神圣的圣坛前，自己却哭不出来，那该如何是好？波儿很是懊恼。"我肯定哭不出来！"波儿的心里充满了绝望，这种事情可不在人的掌控之内。可是假如到时候真的一滴眼泪都挤不出来，别提有多丢脸了。波儿是个性格很坚韧的人，从来不会轻易哭鼻子，可是到时候观礼的人们会如何看待她呢？她的丈夫会作何感想呢？波儿一想到这些，就忍不住哭了出来。她一直都没办法保持积极的心态，不是担心这个，就是操心那个。那几个月，可怜的波儿一直生活在惶恐不安中，没有一刻是放松的。蔺草工人西伦看到女儿成这个样子，也连声叹息，他也不知道事情会发展成什么样，一天到晚眉头紧锁着，他也和女儿一起烦恼，每天烦躁不安地走来走去，脸上的神色也很是难看，很难平静下来。

　　四个月的时间转瞬即逝，贾斯·安塔逊终于在婚礼前两天现身了。他竟然是个独眼龙，那张照片也太欺骗人了，另一只坏眼被完美遮盖住了，只把他的侧面拍了下来。从总体上来看，他也没有那么帅气，只是和一般农民相比，要稍微好一点儿，年纪中等，始终是一副沉闷的样子，而且看上去好像是个富裕的小气鬼。他的丹麦语和英语都说得很一般，他之所以张嘴，并不是为了微笑示人，而只是想显摆他那一口金牙。他是坐火车过来的。他的毛发很是浓密，像穿了一件毛大衣似的，活脱脱一只站立的黑熊。当时正值四月，温度很高，大伙就想以此戏谑他，他们谋划了很长时间，还加了不少招数，可是还在计划中就泡汤了。贾斯·安塔逊来之前就想好了，先寄了一张明信片过来，高傲地打听摩荷姆农场卖多少钱。人们都议论开了，心想他可能会把这个农场买下来，这个农场可以卖到三十万美金，这可是一笔不菲的收入，对于他们而言。贾斯很有钱，有钱人摆手示意市井小民走开，市井小民就只有走开。贾斯·安塔逊在农场查看了一番，终究还是没有掏钱买下来，这让人们失望极了。

他只停留了一个星期的时间，可是却拒人于千里之外。小时候和他打过交道的人想和他拉近关系，可是他却用富人的那股傲慢逼退了别人，旁人只能拘束地站在一旁行礼。他们小心地呼唤他的丹麦名字"卡尔"，曾经他赶羊时，只要人们这样叫他，他一定会答应，可是如今他却一点儿反应都没有。对于童年的伙伴，他也是一副冷若冰霜的样子，看着别人时也什么表情都没有，话也不想说。他整天都待在家里，除了到自己的本家去拜访一下，那些想趁机揩油的人也失去了希望。

等到安塔逊夫妇从这里走了以后，人们都还在纳闷，对于自己家乡的人们，他为什么那么冷漠？后来他们得出答案，原因就在于没有给他打造一座凯旋门。唉，如果早明白这一点……贾斯走后，人们还懊悔不迭，他们原想着攀上他发一笔财，可是如今他们自己却让这个机会溜走了。

如何才能让贾斯高兴，好从他那挣一点儿钱，人们都不知道。可实际上，要想从贾斯手中拿到钱是根本不可能的，他在当地待了一个星期，可是才花了不到五克朗的钱。知道这个事实以后，人们都失望透顶，可是这是贾斯最后一次到这来了。

这很合理。

而波儿呢，自始至终，他都只是面无表情地看了她一眼。临走时，波儿最后一次看了自己的故乡。后来的他们怎么样了呢？波儿尽可能让两人之间的关系变好一点儿，可是就如同她先前所忧虑的，贾斯一直说爱她，可是她却一直觉得自己没有这个资格，"我没有这个资格，我没有这个资格"，波儿的心中一直响着这样的声音。可是她把这样的心境很好地隐藏起来了，没有让自己的舌头闯祸，她和自己的美国丈夫说着甜言蜜语，一点儿都没有把自己的缺点暴露出来，她曾经想过一辈子当哑巴，这样贾斯就不会发现了。

波儿很好地隐藏起了自己的力气，贾斯·安塔逊是不可能发现的，这件事也一直隐藏在波儿自己心中。

波儿先前还怕自己在婚礼上哭不出来，可是如今这也完全不是问题了。牧师问完话后，她回答了"是的"以后，眼泪就大颗大颗地往下掉。

# 耶斯巴牧师

日德兰半岛乌尔别欧的一个牧师让人们印象深刻，这都是因为他的力气非常大，而且声音像破钟一样。人们总会在闲聊时讲一些极具代表性的例子，像几个人都弄不了的东西，他一只手就可以举起来，他还可以轻而易举地从泥地里把马车拉出来，解决这一让人们头疼的问题。甚至人们还说有一次，他因为劈柴太用力了，结果让斧头透过柴火陷进了台子里，迄今为止，这把斧头都没人拔得出来。这样的事情数不胜数，可以一连说好几天，也许这就是牧师们的异能，谁知道呢。

可是这话好像也有不对劲的地方，因为只有乌尔别欧的这位牧师有这么大的名气，几乎尽人皆知，还会被人们当作谈资，其他牧师可没有他这样的"好运"。还有一个传言更加荒谬，说有一次好像是因为他妻子把他惹恼了，他直接把妻子扛在肩上往教堂里面走，然后提着她的脚在窗外面晃，似乎在抖落一件衣服上的灰尘一样。这件事让人觉得难以置信，而其实当时只有一个见证人，因此人们听到这么说，也只是听过就算了。

　　而且此后，这位牧师随意使用暴力的新闻再也没有传出来过。再怎么说，牧师这项职业都是神圣的，和暴力怎么都不相配。可是，他尽人皆知的除了力气以外，还有雄浑的声音，他讲道时的声音特别洪亮，甚至可以传到千里以外的地方，可真是独树一帜啊！

　　春天的太阳总是早早升起来，才刚刚四点，阳光已经暖暖地照了下来，四周的温度也跟着升了起来，鸟儿们叽叽喳喳地叫着。乌尔别欧的这位牧师也早早起床了，一边在书房里悠闲地走来走去，一边背诵着大卫的诗作。和往常一样，他的声音依然大如洪钟，就像发射出去的炮弹一样。从他背诵的声音，你的脑海里几乎可以勾勒出他那硕大的身躯和铿锵有力的步调。可能是出于职业习惯，一直以来，他的表情都是严肃的，即便是一个人待着时也是如此。他背书也是非常独树一帜的，边读经书，边踱着步子，同时还专门聆听自己发出的声音，像是在尽可能记在脑海里一样。他必须听着自己发出的声音进行记忆，然后在自己的心底留下深刻的印象，再慢慢体会，让这些语句在岁月的长河中逐渐和自己的身体合而为一，形成自己的底蕴，构成生命的所有。也许牧师们都是如此吧，对于他们来说，《圣经》就是所有，越是让他摸不着头脑，越会在他心底升腾起一股敬畏之心，他就这么专心致志地读着，并装进自己的脑海里。

　　他出身于一个普通的农民家庭，为了让他到学校接受教育，家里可谓竭尽全力。可是从他的学习成绩来看，他确实不太适合读书，他自己也下过不少功夫，试过多种方法，可是他就是难以理解，脑子也不开窍，因此直到中年，他才成了一名牧师，其间所经历的时间不可谓不漫长。而且即便他现在成了一名牧师，对于神的意旨依然难以体会，只能靠强记，而且他所花的时间往往是别人的几倍，可是幸运的是，他是一个坚韧不拔的人，有一股不达目的誓不罢休的精神，他会反复背诵，直到可以流利地背诵出来为止。再加上他嗓门很大，这样一来，他在做弥撒或布道时，通常会取得很好的效果，可以让各个地方都接收到神的意旨。

这位耶斯巴牧师因为有一颗忠诚的心，所以每天老早就会起床，然后在书房里边踱着步，边对要讲道的内容或经书进行背诵。一早上，书房的温度就很高，再加上屋顶不高，空气的流通不是很顺畅，可是耶斯巴牧师就是喜欢待在这间屋子里。他每天都穿得整整齐齐的，一袭到膝盖的黑色礼服一丝不苟地穿在身上，即便细小的衣领处也没有一丝褶皱，还戴着一顶假发。那天正好是星期六，耶斯巴牧师正在对周日要讲道的内容进行背诵，他心里一直有一个信念，那就是好好背诵经文，尽可能背得熟悉一点儿，这样第二天才能不磕巴。在这样的事情上，耶斯巴牧师一直都非常小心、谨慎。

从早上四点一直到中午十二点，一连八个小时的时间，耶斯巴牧师都在背诵，他走路的声音和高亢的背诵声响遍整个房间。等他背诵完成以后，他会像在田地里劳累了一天一样筋疲力尽，全身上下都冒汗，这时他迫切需要休息。正好午饭时间到了，而他的妻子正在厨房里忙活着，眼前的景象让他不由自主地觉得欣慰。

"碧姬黛！"他轻声地呼唤着自己的妻子，想跟她抱怨一下这鬼天气太让人抓狂了。

天气实在是太热了，真想把身上的衣服都脱掉，可是碧姬黛却把自己捂是相当严实，还在桌边忙个不停。她是个胆子很小的人，看到陌生人也会觉得恐惧，和人说话时都不敢抬起头，就像做了什么错事的小学生一样。

耶斯巴牧师一直用充满爱和宠爱的眼神看着自己的妻子，看着她忙前忙后，耶斯巴很是感动。为了他，他的妻子真是付出了很多，将自己美好年华的可爱都放到了一边，不再去疯玩、打闹，在外面装作一副很成熟的样子，以匹配他牧师的身份。而碧姬黛也的确做得很出色，先从穿衣打扮上来说，她就已经做得很好了，她只要出去，就会穿黑色衣服，还会用围巾把自己密不透风地包裹起来，根本就是一副严格的牧师夫人的样子。每次看到妻子打扮得如此成熟，耶斯巴牧师都会觉得很宽慰。再怎么说，他的年龄也不小了，因为他的脑子太笨了，经历了一个异常艰辛的过程才取得神职。而在那之前，他做过的工作不计其数，直到五十岁时才过上稳定的生活。他曾经以为，他这一辈子可能就这样了，可是上帝却待他一点儿都不薄，在他向生命的终点靠近时，碧姬黛进入了他的生活。碧姬黛的父亲也是一名牧师，只不过是其他教区的，他们家有很多兄弟姐妹，无法养活，就想着让女儿和耶斯巴成亲，只希望耶斯巴可以对他的女儿好一点儿。原本这件事就是一件双赢的事，所以中间没有经历任何波折。可是对于正值青春年华的碧姬黛来说，她可能并不会因为这桩婚事而感到兴奋。耶斯巴牧师第一次看到她时，她和一群男孩玩得正开心呢，身材纤细的她在田间沼地奔跑着，还划着小船在河里游玩。可是，碧姬黛即便在外面肆无忌惮地疯跑，一回到家也马上变成了乖乖女。而且，她有一双灵活的手，以后做一个家庭主妇一定非常合格。

碧姬黛长相一般，脸上甚至还有伤疤，眼睛也小得可怜。个性也有点儿倔强，有时候也会大声反抗，而且她最大的不足之处就在于与人打交道，她最伤心的也是这件事情。这样的自己，她一点儿都不爱，总是会想尽办法让自己变好一点儿。耶斯巴牧师看到这一点也非常高兴，眼见自己的妻子愈发成熟，他觉得很自豪。他觉得自己的小妻子就如同一个花蕾，朝气蓬勃。

中午他们吃香肠和芜菁，而耶斯巴牧师最喜欢的也是这些。午饭结束以后，他开始朗诵祈祷词，而他的妻子则一脸羞涩地站在一边，头埋得低低的，不敢和自己的丈夫对视。她耳边飘落着一缕头发，牧师看到了，不由自主地帮她拢了一下。这下，碧姬黛更加觉得不好意思了，头愈发低了下去。

耶斯巴牧师来到院子里打算喂鸡，他轻轻地呼唤着母鸡们，随后就会从各个方向涌过来不少母鸡，耶斯巴觉得很满足，因此这项工作他乐此不疲。

家里的男佣过来征求他的意见，下午他有些什么工作要做，实际上，耶斯巴牧师可羡慕这些男佣了，因为他们可以无所顾忌地到田里干活，可是他现在的身份不一样，像到田里干农活、扛米袋这样的活儿实在和他的牧师身份不相配。所以他只好放弃这个想法，只能在家里开一块地出来，看别人忙活，他过过眼瘾了。

给男佣分配完了工作，中午的太阳太强烈了，耶斯巴有点儿扛不住了，径直到屋子里面去了，准备午休一会儿再起来继续背诵。

这时朝他们家的方向驶过来一辆马车，一阵灰尘在空中飞舞，耶斯巴牧师不经意看了一眼，发现是他的岳父来了，也就是旁边教区西来贝里的牧师。这个客人他可不敢怠慢，赶紧出去迎接。

虽然他知道岳父特别喜欢周六到外面去，可是耶斯巴牧师还是没有想到，他会到自己这里来，因此他非常热情地接待了他。实际上，他的岳父只是刚巧经过这里而已，可是耶斯巴牧师太热情了，他只好改变主意，到屋子里坐一会儿。翁婿二人就在客厅坐了下来，把酒言欢。

交谈中，岳父说到自己这次出门的目的是对近来小偷泛滥的事情进行调查，看能不能找到点儿线索。近段时间以来，小偷的胆子的确也太大了，到很多户人家作过案，而且时常是把人家偷得分文不剩，必须得想个办法不能再任由小偷这样偷下去了。身为牧师的他，的确得做点儿什么了，所以他准备挨家挨户地走访，希望能有所收获。

耶斯巴牧师其实也是知道这件事情的，可是很遗憾，他没有掌握什么有价值的线索，因此他机智地转移了话题，开始谈论起一些牧师们津津乐道的话题，像神的王国、大麦税、捐献、教会、什一税等，一说到这些，他们就滔滔不绝。

老牧师因为还有其他事情要忙，所以刚坐了一会儿就准备走了。这时碧姬黛正好过来给父亲送啤酒，她送酒的姿势太古怪了，身子弯曲着，而且还扭扭捏捏的，眼睛也不敢看自己的父亲，把啤酒放好以后就迅速离开了。看到女儿这个样子，老牧师恍然大悟，一脸兴奋地盯着耶斯巴，欣慰地点点头说："瞧碧姬黛那样，应该是怀孕了，这真是件大好事啊，这个家很快就要有个新成员了！"他口若悬河地说着，想尽可能把自己的快乐和祝福表达出来。

可是，耶斯巴牧师乍一听到这个消息，反应却不太正常，他的脸上明明白白写着几个大字："我不相信。"他的眼睛瞪得老大，眼珠子似乎要掉出来一样，就像遭受了什么重击，面无血色。看到自己女婿这样的反应，老牧师有点儿纳闷，可是仔细一想也觉得很正常，他的女婿非常内向，在表达方面也不太精通，可能他是因为太激动了才会这样吧。这样一想，老牧师就更加努力地表达起自己的祝福来，还劝诫第一次当父亲的耶斯巴要镇静一点儿，不要太激动了。

耶斯巴牧师忽然起身，直挺挺地站着，脸上一点儿血色都没有，眼眶差不多都要裂开了，可是对眼前的状况一无所知的老牧师还没有发现不对劲的地方，反倒觉得他这个女婿的反应太异于常人了，忍不住笑得前仰后合。耶斯巴牧师尽可能克制着自己，双手握得紧紧的，连青筋都露了出来。忽然，他开始大声背诵早上的诗篇：

> 上帝的子民啊！你们所拥有的一切都来自耶和华，来自耶和华。
>
> 要把耶和华应得的荣誉还给他，把圣洁的妆饰戴在头上，去朝拜耶和华。
>
> 耶和华的声音来自水中，荣誉的上帝发出震天的吼叫，在那大水之上回荡。
>
> 耶和华的声音具有非凡的力量，耶和华的声音满是庄严。
>
> 耶和华的声音把香柏树，黎巴嫩的香柏树都震倒了。
>
> 他让它们像牛犊一样跳跃，让黎巴嫩和西连像野牛牧场一样欢呼雀跃。
>
> 《旧约·诗篇》第二十九篇第一至六节

老牧师拍手称赞道："朗诵得不错，诗也很好，可是我就是觉得奇怪，这个时候你怎么开始朗诵诗篇了呢？显得有点儿……"老牧师有点语塞了，实际上老牧师疑惑的是，为什么女婿开始背诵《旧约》第二十九篇了，而其中的原因，连耶斯巴牧师本人也不太清楚，他只是想把自己的愤怒表达出来而已，而他上午刚好把这篇背熟了，因此才顺口背了出来。耶斯巴牧师像没听到老牧师说话一样，自顾自地朗诵着，整个屋子里都回荡着他那一本正经的声音，实在是有点儿怪异。

耶和华的声音可以把火焰都斩开。

耶和华的声音可以震动荒野，耶和华把加底斯的荒野都震动了。

耶和华的声音让母鹿都害怕得脱胎，槐木差不多都落下来了。他殿内的人都高声颂扬他。

老牧师也逐渐进入了情境中，头埋得低低的，就像在悔过一样。耶斯巴牧师喘了口气，用更大的音量背完了这篇诗。

在洪水肆虐的时代，耶和华是王，耶和华是王，一直这样耶和华将把力量赐给他的子民，耶和华将把平安的福赐予他的子民。

《旧约·诗篇》第二十九篇第七至十一节

"阿门！"老牧师一脸忠诚地低下头，之后他越来越觉得丈二和尚摸不着头脑，觉得女婿好像有什么不对，因此迅速离开了这里。

耶斯巴牧师快速回到书房，因为这里最能让他恢复淡定，他尽力告诉自己要冷静，可是他实在是想不通，碧姬黛怎么会怀孕了呢，这怎么可能呢？可是现在事情已经再明显不过了，碧姬黛怀的不是他的孩子。

尽管从表面上来看，他和碧姬黛是真正的夫妻，可是她终究还是太年轻了，才十八岁而已，所以耶斯巴牧师一直对自己的小妻子充满怜爱，只想给她最好的保护，不愿意让她过早地涉足某些事情而承受不了。事实上，他的心里一直有一个强烈的渴望，那就是碧姬黛终究有一天会和他坦诚相对，因此他耐心地等待着。

很显然，碧姬黛受到了惊吓，她把头埋得低低的，根本不敢直视耶斯巴牧师的眼睛，全身抖个不停。耶斯巴牧师看着自己名正言顺的妻子，没想到，她竟然有了别的男人的孩子，而他这个蠢笨之人竟然毫不知情。他身体中执拗的一面被这个强大的刺激给激发出来了，而他好像浑然不觉。

耶斯巴牧师想到了过去的种种，每次他的欲望就要喷薄而出时，他都会尽力克制自己，因为他担心碧姬黛会因此受到惊吓，再怎么说，她还是太小了。他从来没有意识到自己做的有什么不对，还一直骄傲于自己这样的克制行为。而且他也对自己很自信：只要时间足够，碧姬黛一定会爱上自己的，主动把她自己献给自己。"可是，如今这个局面……到底是什么情况……究竟是谁……谁的胆子这么大？"

耶斯巴牧师最后甚至开始怒吼，整栋房子都响彻着他的吼声。

"碧姬黛！"

碧姬黛慌慌张张地跑过来，好像被椅子什么的撞到了，过了好一会儿才跑到书房。耶斯巴牧师气愤至极，把头上的假发和厚重的牧师服都扯下来丢在地上，只穿着一件衣服。他的怒气似乎要从身体里喷涌而出，目光犀利，和平时的他是截然不同的两个人，碧姬黛被吓得大气都不敢出，身体抖动得很是厉害。她想，这次自己不会有好果子吃了，耶斯巴会让自己吃不了兜着走的，一想到这，她就觉得浑身都没了力气，瘫坐在地板上。耶斯巴牧师一步步逼近碧姬黛，让她胆战心惊，只好换了个姿势，朝后退了一步。耶斯巴牧师就这样紧紧盯着她，似乎要用眼神杀了她。碧姬黛已经被吓得不知所措了，只好就这样躺着，任由暴风雨来临。耶斯巴牧师像只斗败的公鸡一样看着自己的小妻子，呻吟了一声，突然用力把朝庭院的窗子推开，尖叫了一声。

蜂蜜的甜香味顿时从窗户飘进来，让人的嗅觉为之一震。春天来了，苹果树的花都开了，蜜蜂在枝叶之间来回采蜜，一队队、一群群，不计其数，就像朵朵白云。耶斯巴牧师往窗外看了看，想要把这些蜜蜂看得更清楚。

　　"碧姬黛！蜜蜂们正在做窝呢！"他雀跃地叫道，同时像往常一样喊自己的妻子也过来看，当他发现自己的行为以后，又觉得有些生气。

　　很多人都想逮些蜜蜂回去，现在蜜蜂正在分箱，错过了可就没这么好的机会了。耶斯巴牧师也迅速把蜂箱和床单拿在手上，冲了出去，碧姬黛则低眉顺眼地跟在他的后面，用力敲打着乳钵，在田间跑来跑去，追赶着蜜蜂，她纤细的小脚露在外面，看上去很有活力。碧姬黛一边努力抓着蜜蜂，一边期盼可以多抓一会儿，可是没过多久，他们就抓完了。耶斯巴牧师将抓到的蜜蜂都挂在田边的树上，安然无事地回来了。

　　大家抓完蜜蜂以后又都回去继续睡觉了。等人群散去以后，耶斯巴牧师和妻子一起到了教会，开始对事情的前因后果进行打听。耶斯巴牧师害怕碧姬黛受到惊吓，所以尽可能把说话的声音放小一点儿。碧姬黛心里发慌，不管耶斯巴牧师问什么，她都如实作答。可是耶斯巴牧师得知事情原委以后，越发觉得棘手了。

　　碧姬黛腹中孩子的父亲竟然是个小偷，就是那个最近到处犯事的强盗。如今，他就在他们家的阁楼上躲着，而且碧姬黛说已经躲了不是一天两天了。碧姬黛还说，那个人是小时候和她一块长大的，长大到部队以后偷偷溜走了，从这个村子经过的时候，他正好和碧姬黛遇到了。碧姬黛是个很好说话的人，于是就帮助他在自家的阁楼上躲起来，还帮他隐瞒自己的丈夫，可是事情今天被人发现了。

这时，耶斯巴牧师才知道自己的妻子竟然背叛了自己，搞清楚事情的前因后果以后，他气极了，又努力告诉自己要镇静，千万不要冲动。他就这么压抑着自己的愤怒，把碧姬黛扛在肩上往楼顶上爬，之后又把碧姬黛倒提着伸出窗外，把自己想要扔她下去的念头努力控制住，只是一个劲儿摇晃她，想以此折磨她。尽管碧姬黛很痛苦，可是她并没有抗争，就像做错事的孩子一样保持着安静，这样一来，耶斯巴牧师反倒想要原谅她了。

　　耶斯巴牧师把妻子带回家，看到一条绳子在走廊上，不知道为什么，他把绳子抓在手里，然后茫然地看着碧姬黛，从碧姬黛的神色，他可以发现她一定以为自己的丈夫想要她的命。可是，她预料错了，耶斯巴牧师从妻子身后绕过去，直接朝阁楼的房间走去。碧姬黛一时傻了，过了一会儿才反应过来耶斯巴牧师想干什么。她凄厉地叫了一声，那种只有当幼子遇到危险时，母亲才会发出的声音。自始至终，她都没有抗争丈夫对自己的处罚，可是当关系到阁楼的那个人时，她却如此在乎。耶斯巴牧师看到自己的妻子如此维护其他的男人，心里的痛苦无以言表。碧姬黛惊恐万分地叫道："不要，不要！"他回过头看着她。

　　只见碧姬黛的眼睛和嘴巴都张得大大的，茫然无措地站在那里，看到耶斯巴牧师回头，便立即迎了上去，望向自己丈夫的眼神满是祈求。看到妻子这么痴心不改，为了别的男人如此拼命，他心里的痛苦无以复加。

　　他知道今天很难找那个男人了，他想处置那个男人，其实是想对碧姬黛进行处置，可是当那个男人受到鞭笞时，更痛苦的其实是碧姬黛。当耶斯巴牧师的心中出现这个想法时，他又觉得于心不忍了。

耶斯巴牧师只好放下绳子，不停地来回走着，他的脚沉重地落在地板上，似乎要凿穿地板。碧姬黛好像觉察到丈夫暂时放过阁楼的那个人了，心里一颗石头总算落了地，颓然地栽倒在地，低声抽泣着。

看到碧姬黛梨花带雨的样子，耶斯巴牧师没有任何动作，而是径直回到了书房，碧姬黛则赶紧跑到阁楼上。

和平常一样，耶斯巴牧师把自己锁在书房里，安安静静地待着，空气中好像都弥漫着孤独的味道。他不想做任何事情，就只是走来走去，他原本对书架上的某些书非常感兴趣，而今却觉得兴味索然。他像丢了魂一样看着窗外，苹果花极尽绚烂，摇曳在阳光下，蜜蜂们的工作完成了，现在归于宁静。

微弱的嗡鸣声从玻璃窗边传来，只有认真聆听才听得到，原来是一只蚊子在用它的细脚尽力跳跃着，想离开这间屋子，可是这个小傻瓜却不知道还有一层厚厚的玻璃阻挡在它前面呢，一个劲地往玻璃上撞。耶斯巴牧师叹息了一声，然后把窗户打开，把它放了出去。此刻这只蚊子已然完全没有力气了，只是晕头晕脑地飞了出去，像一片羽毛一样跌落。

啊！宽广无垠的大地上生长着万物，太阳、天空、大海等所有的一切事物都在夏日的空气中沉醉。耶斯巴牧师慢慢感受到了生命的美好，一扫先前的郁闷。

牧师公馆里的人们午睡起来以后，就听到主人在反复背诵大卫的诗篇：

耶和华，我的主啊，我忠诚向您祈祷。
主啊！请您听到我的渴求，听听我的祈求。

主耶和华啊，如果你能知道罪恶，那谁能无罪呢。

可是你拥有赦免之权，所有人都敬畏你。

我的心在等待着，我仰望他的话。

我的心在等待主的到来，就好像守夜的人希望天明，就好像守夜的人希望天明。

以色列啊，当你敬仰耶和华，他的悲悯才能带来足够的赦恩。

他一定会让以色列得到解放，帮它远离所有罪恶。

《旧约·诗篇》第一百三十篇第一至八节

自从那天以后，人们就再也没有见过那个祸害四方的小偷，他就像人间蒸发了一样。警报解除了，居民们又可以放心地把粮食放在储藏室了。而第二个礼拜，很多人都被耶斯巴牧师做弥撒时那忠诚和中气十足的传道给折服了，特别是大卫的诗篇，让人觉得似乎是上帝本人在朗诵，特别有力量。在场的教徒都匍匐在地，非常认真地听着。而且，耶斯巴牧师的这次演讲其实是脱稿进行的，都是源自内心最炽烈的感情，感染力十足。

时间就这样一分一秒地流逝着，一幅画出现在乌尔别欧的教堂里。这幅画把碧姬黛对自己丈夫的爱和奉献表露无遗，至少第一眼看到这幅画的人都会这样认为。画上是耶斯巴牧师和他的妻子，以及他们的十一个美丽聪慧的孩子，孩子们差不多大，都还很小，很是惹人怜爱。幸亏是按照大小对他们进行排列的，要不然你真的很难分辨他们的年龄。这些可爱的孩子美好又圣洁，代表着生命最初的绚烂。可是一边长子的表情却非常古怪，他把头偏向一边，直勾勾地盯着这美满的一家人，他的喉结在画上极其明显。

# 约翰内斯·威廉·延森作品年表

1873年    1月20日出生于丹麦日德兰半岛西岸的希默兰镇，父亲是
         兽医，母亲是农民。

1893年    就读于哥本哈根大学。他在那里认识了勃兰克斯等丹麦著
         名学者和作家。

1895年    延森的首部长篇惊险小说《卡塞亚的宝物》连载在《拉夫恩》
         周刊上，之后又接连发表了《亚利桑那血祭》等三部主题
         为谋杀的惊险小说。

1896年    他的长篇小说《丹麦人》出版。之后，他成为一名职业作家，
         开始在世界各地旅行，还到过中国的上海和汉口。

1898年    出版小说《艾纳·耶尔克亚》。

$\frac{1898}{1910}$年    持续创作短篇小说集《希默兰的故事》。这部书一共分为三
         卷三十四篇，分别是《希默兰人》《新希默兰的故事》《希
         默兰的故事》。

1901年    结集《波里奇肯服》和《社会民主报》的连载作品，《哥帝
         斯克时代的复兴》出版。

1904年    小说《德拉夫人》和戏剧《歌姬》出版。《德拉夫人》被称
         赞为"丹麦近代最佳小说""丹麦的《浮士德》"。

1905年    《德拉夫人》的续篇《车轮》出版。

1907 年　《新世界》出版。

1908 年　《冰河》出版，它是《漫长的旅程》的第一部。

$\frac{1908}{1922}$ 年　延森接连发表了六部长篇小说，分别是《冰河》《船》《失去的天国》《诺亚尼·葛斯特》《奇姆利人远征》《哥伦布》。

1911 年　《北欧神祇》出版。

1912 年　散文《吉卜林论》出版，还出版了以孩子口气写的小说《船》，是《漫长的旅程》的第二部。

1915 年　《奥莉微亚·玛丽亚妮》出版，后被纳入《异国短篇集》。

1919 年　《漫长的旅程》的第三部——《失去的天国》出版。此外，《漫长的旅程》的第四部——《诺亚尼·葛斯特》出版。

1921 年　《漫长的旅程》的最后一部——《哥伦布》出版。

1922 年　《漫长的旅程》的第五部——《奇姆利人远征》出版。到这里，《漫长的旅程》的六部作品全部出版。

1923 年　《漫长的旅程》的后记——《美学与进化》出版。

1928 年　《精神的目标》出版。

1930 年　出版了《时代的动向》。

1935 年　出版了小说《鲁诺博士的诱惑》。

1938 年　对《漫长的旅程》的六部小说进行整理，分成了两册。同时，《托瓦巴森》出版。

1940 年　出版了《散文选集》。

1943 年　发表了专题论述——《语言与教育》，还发表了散文《萨迦时代的女性》。

1944 年　延森荣获诺贝尔文学奖，成为二战后恢复颁奖后的首位获奖者。

1949 年　专题论述《丹麦的交通工具》出版。

1950 年　11 月 25 日逝世于丹麦首都哥本哈根。